ars vivendi
Krimi

12 Kurzkrimis

Tatort Christkindlesmarkt

aus Franken

zur Weihnachtszeit

ars vivendi

Originalausgabe

Erste Auflage Oktober 2016
© 2016 by ars vivendi verlag
GmbH & Co. KG, Bauhof 1,
90556 Cadolzburg
Alle Rechte vorbehalten
www.arsvivendi.com

Umschlaggestaltung: FYFF, Nürnberg
Motivauswahl: ars vivendi
Coverfoto: © Marcus Brandt/dpa
Druck: Orthdruk
Printed in the EU

ISBN 978-3-86913-729-2

Tatort Christkindlesmarkt

Inhalt

Susanne Reiche
Weihnachtscamping

23. Dezember

20:25 Uhr, Mia

Als wären wir allein auf der Welt: Roberts rostiger Mazda steht einsam auf dem Parkplatz, kein Motorengeräusch übertönt das stumpfe Nieseln des Regens, kein Autoscheinwerfer tastet sich durch den schweigenden Wald. Die Bäume stehen dicht an dicht wie schwarze Ritter vor einer Schlacht, die Schilde erhoben. Vor uns muss die Wolfsfelder Wiese liegen, aber sie verbirgt sich hinter grauem Nebel.

Robert ist mir einige Schritte voraus; er hat sich den Schlafsack unter die Achsel geklemmt, damit er die Hände für den Bierkasten frei hat – das in seinen Augen wichtigste Accessoire des Abends. Bei jedem seiner Schritte klirren die Flaschen aneinander.

»Meine Fresse, ist das finster«, tadelt er die nasse Nacht, dann dreht er den Kopf zu mir. »Wieso sind eigentlich Chris und Ute noch nicht da? Wir wollten uns doch um acht treffen!«

Was soll ich dazu sagen? Dass wir uns ja auch verspätet haben? Dass ich von Chris und Ute wenig weiß? Die beiden sind Roberts Freunde, nicht meine – ich kenne sie nur flüchtig, von ein oder zwei Kneipenabenden, und ich mag sie nicht besonders. Chris ist zu hübsch für einen Mann, er trägt die Nase ziemlich hoch, und Gespräche, die sich nicht um ihn drehen, ermüden ihn bald. Er ist Künstler, *Performance und Modernes Theater*. Und

Ute ist eine von diesen Alt-Emanzen aus dem Sozialbereich – praktischer Kurzhaarschnitt, flache Schuhe – und gibt sich gerne tough.

Statt einer Antwort schneide ich eine Grimasse, die Robert nicht sehen kann, weil er die Taschenlampe zu Hause vergessen hat.

»Die bringen die Feuerschale mit, die können doch nicht zu spät kommen!«, schimpft er jetzt. »Hast du eigentlich die Grillkohle?«

Ja, ich habe die Grillkohle. Außerdem schleppe ich einen Korb mit Rotwein, Gläsern, Brötchen und Senf. Kaiserbrötchen und mittelscharfer Senf, so hat es mir Robert in die Einkaufsliste diktiert – das sonderbare Ritual, an dem ich heute zum ersten Mal teilnehmen darf, folgt offenbar strengen Regeln. Angesichts der klammen Einsamkeit scheinen mir diese banalen Dinge fehl am Platz. Ein Barbecue zum Ende der Welt ...

»Das ist es«, sagt Robert schließlich schmucklos, stellt den Bierkasten ab und lässt sich ächzend darauf nieder. *Das* ist so schmucklos wie seine Worte: ein hölzerner Verschlag, ein Unterstand mit schmutzigem Bretterboden, der nach feuchtem Mäusedreck riecht.

Robert ploppt mit seinem Feuerzeug den Kronkorken von einer Flasche. »Feierabend«, stellt er für sich fest, nimmt einen Schluck und streckt die Beine aus. »Dein Schlafsack ist noch im Auto, wenn du ihn gleich holst, hast du's hinter dir.«

Zurück zum Parkplatz sind es kaum hundert Meter, aber ich gehe sie mit angehaltenem Atem. Ich habe Angst vor der Nacht, ich leide unter einem Übermaß an Fantasie und Sensibilität. Robert bezeichnet es als *hysterische*

Überspanntheit, aber wie man es auch nennt: Die Dunkelheit greift mit ihren schwarzen Fingern nach mir, zwischen den Bäumen lauern vielzahnige Ungeheuer. Ich kann ihre Schatten sehen, ich höre ihr Knurren und Geifern.

20:45 Uhr, Chris

»Hey, echt! Asche auf unser Haupt!« Ute boxt Robert, der wie jedes Jahr seine versiffte Che-Guevara-Uniform trägt, als wäre ein Grillabend ohne Tarnkleidung undenkbar, jovial gegen die Schulter – seit ich sie kenne, versäumt sie keine Gelegenheit, sich bei ihm anzubiedern. »Wir sind viel zu spät«, fährt sie fort, »aber Chrissi hier wollte keinesfalls ungeduscht in die Wildnis fahren. Als würden wir morgen nicht alle nach Bier und Rauch stinken wie richtige Kerle!«

Chrissi. Auch diese herablassende Form verbaler Kastration verdanke ich sicher Roberts Gegenwart. Nachdem sie sich wortreich für mich entschuldigt hat, bestückt Ute die Feuerschale, sprüht eine halbe Flasche Grillanzünder auf die Kohle und zückt ihr Feuerzeug. »Fiat Lux«, deklamiert sie pathetisch und entzündet die Flamme mit einer Geste, die dem olympischen Feuer zur Ehre gereicht hätte. Warum muss sie sich immer so aufblasen? Noch vor zwei Jahren hätte ich mich ehrlich für sie geschämt, aber heute ist sie mir nicht einmal mehr peinlich – sie zahlt die Miete, und ich halte den Mund. Es gibt schlechtere Arrangements.

»Das wurde aber auch Zeit, Mädel.« Robert hebt beiläufig die Bierflasche, um mit ihr anzustoßen. »Mir ist arschkalt, und ich hab richtig Hunger.«

»Alles wird gut, Baby«, trällert Ute. »In meinem Körbchen sind fünfzehn fränkische Bratwürste für uns Raubtiere, ein Grillkäse für unseren Veggie-Chrissi und ein Kartoffelsalat nach dem Rezept meiner Mutter. Und drei, vier Flaschen Apfelschnaps – Weihnachten kann kommen!«

»Gut«, knurrt Robert und macht dann sein blödes Achtung-es-folgt-ein-Witz-Gesicht: »Wenn mir aus der Zeit unserer Liebe etwas positiv in Erinnerung geblieben ist, dann ist es der Kartoffelsalat deiner Mutter.«

Utes Züge entgleisen nur kurz, dann lacht sie laut. Robert grinst. Die beiden dengeln ihre Bierflaschen aneinander und trinken sie in einem Zug halb leer.

Ich sehe zu Mia hinüber, Roberts hübscher neuer Freundin: Sie klammert sich an ihr Weinglas und lächelt bemüht. Schätze, sie wusste es nicht.

22:30 Uhr, Robert

Mia nervt schon den ganzen Abend mit ihrem bedürftigen Blick. Wenn es nach ihr ginge, würde sie mir jetzt am Bein hängen, und ich müsste Sachen sagen wie *Ist dir auch nicht kalt, Schatz?* oder *Was möchtest du trinken, Schatz?* ... Es war ein blöder Einfall, sie mitzunehmen. Das hier ist eine Traditionsveranstaltung, auf der sie so fehl am Platz ist wie ein Frosch auf der Autobahn. Sie kennt die Typen nicht, von denen wir reden, sie kapiert unsere Jokes nicht – und ich schätze, sie verkneift sich seit Stunden das Pinkeln, weil sie sich im Dunkeln fürchtet.

»Wie der Regen aufs Dach prasselt! Dieser Unterstand ist wirklich ein Segen«, stellt Chris pastoral fest, nachdem er seinen laktosefreien Grillkäse mit Messer und Gabel verzehrt hat. Chrissi, der *Künstler*. Chrissi, das Weichei. Dabei ist *er* daran schuld, dass wir bald in finsterer Kälte hocken werden: Über dem Duschen, Föhnen und Gel-ins-Haar-Schmieren hat er leider vergessen, dass er einen zweiten Sack Grillkohle mitbringen sollte. Der Mann ist outdoor ein Totalausfall, es ist mir wirklich schleierhaft, warum Ute ihn durchfüttert.

»Also ich finde es würdelos, unter einem Dach zu grillen«, sagt Ute prompt. Sie sitzt auf ihrer Schlafsackrolle und lehnt den Rücken gegen meine Hüfte. »Früher waren wir zum Weihnachtscamping jedes Jahr richtig weit draußen in der fränkischen Wildnis, en plein air. Und wir haben ein gültiges Lagerfeuer geschürt. Manchmal waren wir zwanzig, dreißig Leute; und spätestens um Mitternacht haben wir alle gereihert, so besoffen waren wir.«

»Das klingt toll«, sagt Mia sarkastisch, und Chris deutet pantomimisch ein Gähnen an: »Die tausendste Retrospektive auf die *Goldenen Zeiten!* Leute, das langweilt doch!«

Also *mich* langweilen vor allem blasierte Spacken, die herumschwafeln, obwohl sie keine Ahnung haben. Zu den Goldenen Zeiten war das Weihnachtscamping ein richtig geiler Act – wir hatten einen politischen Anspruch, haben über Wackersdorf und Gentechnik debattiert und Antifa-Demos geplant. Ute und ich waren unzertrennlich. Vor zwanzig Jahren war sie das hübscheste Mädchen an der Uni und hatte kein Gramm Fett zu viel auf den Hüften. Chris hingegen hatte Pickel und eine Zahnspange – er war nur der kleine Bruder von einem Bekannten, den irgendwer gelegentlich mitgeschleppt hat.

Und Mia – meine Güte. Die wurde damals wahrscheinlich gerade eingeschult.

Ich stoße mit Ute an, um meine Solidarität zu demonstrieren. »Auf die alten Zeiten«, sage ich nachdrücklich, »den dummen Spöttern zum Trotz!«

Sie lächelt.

23:30 Uhr, Ute

Diese Veranstaltung hat sich ja wohl überlebt. Robert hört nicht auf mit seinem *weißt-du-noch-damals*-Scheiß, und Chris legt sich mächtig ins Zeug bei ... wie heißt sie noch gleich? *Mia.* Eine Kunststudentin, wie passend! Er schaut ihr tief in die blauen Augen und schwafelt was von Concept-Art und Primitivismus; lässt den Kunstconnaisseur raushängen. Davon, dass seine Einnahmen gerade eben für die Telefonrechnung reichen und er im letzten Jahr nur zweimal das Klo geputzt hat, sagt er vermutlich nichts. Die beiden feiern ihre frisch entdeckte Geistesverwandtschaft mit Rotwein, und Mia, die leider nicht die Hellste ist, fühlt sich bestimmt wahnsinnig geschmeichelt. Aber Vorsicht, Mia-Schätzchen: Chrissi meint gar nicht dich persönlich, es ist nur seine übliche Masche. Er mag jedes hübsche junge Mädel, das bewundernd zu ihm aufschaut, und bei mir ist da leider nichts mehr zu holen – in keiner Hinsicht.

Wo findet Robert, der alte Sack, nur immer dieses rehäugige Schmalwild? Alle paar Monate schleppt er eine Neue an, alle rührend naiv und fünfzehn Jahre jünger als er, und für meinen Geschmack zu blass und zu mager. So gesehen macht diese hier etwas aus ihrem Typ: schwarzes Samtkleid, schwarze Filzlocken, grellroter

Lippenstift. Schneewittchen im Märchenwald. Wie arm muss man im Geiste sein, um bei diesem Wetter im bodenlangen Samtkleid herumzulaufen? Aber Chris zieht alle Register – jetzt legt er Mia seinen Schlafsack über die Schultern, damit sie es schön warm hat, und sie lächelt ihn dankbar an.

24:00 Uhr, Mia

Es regnet jetzt in Strömen. Die Kohle in der Feuerschale glimmt nur noch matt, die langen Schatten machen Fratzen aus unseren Gesichtern. Chris redet von sich selbst und lässt gelegentlich durchblicken, dass Ute ihn noch nie wirklich verstanden hat. Von Robert sehe ich nur den Rücken – er sitzt nach wie vor auf dem Bierkasten und leert mit Ute ein Bier nach dem anderen. Sie unterhalten sich über alte Zeiten, über Menschen, die ich nicht kenne, über Orte, an denen ich nie war, und immer wieder sagt Ute: »Darauf müssen wir unbedingt anstoßen!«

»Mitternacht! Die Stunde der Wölfe!«, ruft sie irgendwann mit dumpfer Stimme und deutet auf ihre Armbanduhr.

»Gibt es hier Wölfe?«, rutscht es mir heraus.

Robert lacht schallend. »Köstlich! Das kleine Schaf hat Angst vorm bösen Wolf!«

»Na, wer weiß«, sagt Ute nachdenklich. »*Wolfs*felder Wiese! Und dieses Jahr ist doch im Veldensteiner Forst ein Isegrim vor die Kamera gelaufen, so weit ist das nicht weg. Vielleicht lauert er schon im Gebüsch auf euch?«

»Ihr seid echt fies!«, sagt Chris und legt den Arm um meine Schulter. Es könnte eine freundliche Geste sein, aber auf mich wirkt sie besitzergreifend. Oder provokant – will er Ute irgendetwas heimzahlen?

Ute räuspert sich. »Die Glut geht bald aus, wir sollten Holz holen. Wie wär's mit dir, Chrissi? *Du* hast doch die Grillkohle zu Hause vergessen.«

»Das ist eine schwachsinnige Idee, meine Liebe«, stellt Chris fest. »Nasses Holz brennt nicht. Und außerdem sieht man im Wald keinen Meter weit, weil Robert die Taschenlampe vergessen hat! Soll *er* doch gehen.«

Seine Hand liegt immer noch auf meiner Schulter, und ich weiß nicht recht, wie ich sie wieder loswerden soll, ohne unhöflich zu sein.

Ute imitiert ein Wolfsgeheul. »Uuh ... dunkler, schauriger, garstiger Wolfswald! Also gut, ihr Schäfchen, bleibt schön an der warmen Glut und kuschelt euch aneinander – ich geh mal eben Holz holen. Das ist was für die großen Jungs, die keine Angst vor wilden Tieren haben!«

Robert schreckt hoch. »Genau, jetzt zeigt sich, wer Eier in der Hose hat! Ich komme natürlich mit!«

Er ist viel zu betrunken, um irgendwohin zu gehen, aber ich wage es nicht, ihm das zu sagen. Robert ist kein Freund guter Ratschläge ... besonders dann nicht, wenn sie von mir kommen. Ich hoffe, dass Ute oder Chris ihn zurückhalten, seine alten Freunde – aber niemand sagt ein Wort, und Robert stolpert hinter Ute her in die Nacht.

Chris nimmt endlich den Arm weg; allerdings nur, um mein Weinglas wieder aufzufüllen. Eigentlich will ich nichts mehr trinken, aber er besteht darauf, mit mir anzustoßen. »Prost, Mia! Auf das Fest der Liebe!«, sagt er.

24. Dezember
00:20 Uhr, Chris

»Sollten wir die beiden nicht mal suchen gehen? Die haben sich bestimmt verlaufen«, sagt Mia. »Robert ist hackedicht, dem kann da draußen sonst was passieren ...«

Sie will, dass *ich* auf die Suche gehe. Robert hat oft genug erzählt, dass Mia sich vor ihrem eigenen Schatten fürchtet. »Ute hat sich in ihrem ganzen Leben noch nie verlaufen, sie sieht nachts wie eine Katze«, beruhige ich sie. »Und Robert kotzt sich schlimmstenfalls auf die Schuhe.« Ich verkneife mir die Bemerkung, dass dadurch kein großer Schaden entstehen kann – Roberts Stiefel sehen aus, als hätten sie schon achtundsechzig einem Revoluzzer die Füße gewärmt. »Na, komm«, sage ich stattdessen, »wir setzen uns wieder, trinken noch ein Fläschchen Wein und sprechen über die wichtigen Dinge im Leben.« Ich greife nach ihrer Hand, aber Mia macht sich los und lauscht wieder in die Nacht. »Hast du das gehört? Hat da nicht jemand gerufen?«

»Kapierst du denn wirklich nicht, was hier los ist?«, frage ich schließlich etwas gereizt. Dann erkläre ich ihr, dass Robert und Ute fünfzehn lange Jahre ein Paar waren, dass man sie *Die Unzertrennlichen* genannt hat und dass alte Liebe niemals rostet.

»Wie jetzt? Du meinst, sie ...«

»Ich weiß es«, sage ich. »Die haben sich in irgendein Gebüsch verkrochen und kommen so schnell nicht wieder – wir können es uns ruhig gemütlich machen.«

Mia scheint ehrlich erschüttert. »Im Ernst? Bei dem Wetter?«, fragt sie ungläubig.

Das hübsche Kind braucht jetzt irgendeinen handfesten Trost – es wird Zeit für den Apfelschnaps, schätze ich.

00:20 Uhr, Robert

Alles dreht sich. Alles bewegt sich. Und weil *Alles* nachtschwarz ist, fühle ich mich wie ein Astronaut im Weltraum. Meine Crew hat das Sicherungsseil durchtrennt, und ich treibe in die Unendlichkeit. Es gibt nichts, was ich dagegen tun kann. Das ist ein beschissenes Gefühl.

Wo ist Ute? Warum wartet sie nicht auf mich?

»Ute! Ute!«, rufe ich. Und noch einmal: »Ute!«

Dann muss ich wieder kotzen.

00:20 Uhr, Ute

Ich kann Robert leise blöken hören: *Ute Ute Ute.* Das arme Lamm ist jetzt ganz allein im finsteren Wald, es hat den Anschluss an die Herde verloren. Sollte ich Mitleid mit ihm haben? Kann ich etwas dazu, dass er so viel getrunken hat? Habe ich ihn aufgefordert, mir nachzulaufen? Man kann gespannt sein, wie die Nachwelt diese Fragen beantworten wird.

Früher waren Robert und ich ein Paar, aber früher ist lange her. Das war, bevor Lars auf die Welt kam, das war, bevor Robert gesagt hat: *Sorry, das überfordert mich. Du wolltest doch unbedingt ein Kind! Also rechne nicht mit mir* ... Inzwischen rechnet niemand mehr mit Robert. Er säuft zu viel, er lebt von dubiosen *Renten* und verbringt seine Tage damit, die beschissene Vergangenheit zu verklären.

Lars war schwerstbehindert, er wurde nur drei Monate alt. Kurz bevor er starb, habe ich mich einmal dazu erniedrigt, Robert anzuflehen, sein Kind zu besuchen; aber er ist nicht einmal auf die Beerdigung gekommen. *Hör gefälligst auf, mich emotional zu erpressen – mach du dein Ding, ich mach meins!*, hat er gesagt.

Yeah, Baby! Genau das ist es, was ich jetzt mache. Mein Ding. Und du machst deins ...

Und was macht Chris drüben im Unterstand? Füllt er Mia mit Apfelschnaps ab, bis sie nicht mehr Nein sagen kann? Legt er fürsorglich den Arm um ihre knochigen Schultern, um sie vor dem bösen Wolf zu beschützen? Er scheint zu glauben, dass es für einen Mann wie ihn keine Grenzen gibt – aber vielleicht geht er diesmal zu weit.

00:30 Uhr, Robert

Das Weltall ist kalt, alles gefriert zu Eis. Meine Augen haben sich an die Dunkelheit gewöhnt, aber das macht es nicht besser: Wo vorher nur Schwärze war, tanzen jetzt dunkle, bedrohliche Schatten. Es riecht nach Moder und Fäulnis, Schritte rascheln im welken Laub, zwischen den Bäumen bewegt sich etwas. Ein Tier. Ein großes Tier – vielleicht ist es wirklich ein Wolf? Nein, es muss Ute sein. Steht sie da drüben und winkt mir zu? Flüstert sie meinen Namen? Ich taste mich zwischen Baumstämmen hindurch, stolpere über Wurzeln und morsches Holz – und dann falle ich plötzlich tief und zerbreche in tausend Scherben. Das Nichts lähmt mich mit eisiger Dunkelheit, umklammert mich mit schlammigen Fingern, verschlingt mich mit nassem Maul.

08:10 Uhr, Mia

Es ist so still. Die Schatten der Nacht sind wieder auseinandergerückt; die Bäume stehen gebückt wie Trauernde und umarmen sich mit tropfenden Zweigen. Auf den schlaffen Halmen der Wiesengräser und den klebrigen Scherben einer zerbrochenen Flasche glänzt die Morgensonne, meine Haare stinken nach Schnaps. Kartoffelsalat, grau wie Hirn, ist über die Bretterwand verspritzt, die eiserne Feuerschale ist umgekippt und stützt sich müde auf einen ihrer Griffe. Chris' Schlafsack liegt im Dreck; eine leere Hülle, ein Kokon, aus dem ein Insekt geschlüpft ist – ein graues, dürres Gliedertier, kein bunter Schmetterling.

Es fällt mir schwer, aus meinem Schlafsack zu kriechen und aufzustehen, es dauert lange, bis ich meine Stiefel geschnürt habe: Meine Arme und Beine sind taub vor Kälte. Mir ist schlecht, mein Kleid ist zerrissen, mein Schädel pocht. Etwas Grauenhaftes ist geschehen, aber ich erinnere mich nur an Bruchstücke: Chris' aufdringliche Hände, ein dumpfer Schlag, das Splittern von Glas.

Auf dem Parkplatz stehen Roberts Mazda und Utes VW-Bus einträchtig nebeneinander. Ute sitzt im Bus, die Augen geschlossen, wummernde Bässe bis zum Anschlag aufgedreht.

»Was ist passiert?«, schreie ich, und nachdem sie widerwillig die Musik leise gedreht hat, frage ich noch einmal: »Was ist passiert?«

»Was passiert ist? Du bist gut«, sagt Ute und mustert mich eingehend. Sie ist blass, aber sie hat diesen harten Zug um den Mund. *Tough.* »Du warst doch dabei.«

Behutsam taste ich in meinem schmerzenden Kopf nach Erinnerungen. Ich habe mich übergeben, nein, ich habe mir die Seele aus dem Leib gekotzt. *Wie in den Goldenen Zeiten*, hat Chris gesagt, und dann waren plötzlich überall seine Finger. Ich war zu überrascht, um mich zu wehren. Zu betrunken. Ein dumpfer Schlag, das Splittern von Glas. Mehr weiß ich nicht.

»Wo ist Robert?«, frage ich. Der Mazda hat regennasse Scheiben und verschlossene Türen, er ist leer bis auf zerknüllte Tankquittungen und Dönertüten.

Ute zuckt die Achseln und dreht die Musik wieder etwas lauter.

»Und wo ist ... Chris?«

»Du hast ihm eine volle Schnapsflasche über den Schädel gezogen, schon vergessen? Ich habe dir dabei geholfen, ihn im Tümpel zu versenken.«

Ich lache. Es muss ein Scherz sein.

Ute schließt ihre Augen wieder und wippt im Takt der Bässe. Es ist kein Scherz.

»Chris ist *tot*?« Meine Stimme klingt fremd. Schrill. Hysterisch. »Oh Gott – warum hast du nicht die Polizei gerufen?«

»Willst du auf Notwehr plädieren, Schätzchen?«, fragt sie zurück und lächelt. »Weil er dich ein bisschen angegrabbelt hat? Das kannst du den Bullen ja erzählen. Nur zu. Nimm mein Handy und ruf sie an. Ich bin gespannt, wie du ihnen das mit dem Tümpel erklärst.«

Ich kann mich an keinen Tümpel erinnern. Ein dumpfer Schlag, splitterndes Glas, sonst ist da nichts. Nur grauer Nebel.

»Steig aus«, sage ich nach einer Weile. »Ich will diesen Tümpel sehen.«

Der Tümpel ist ein großer Teich mit steilen Ufern, umgeben von Bäumen, nur wenige Schritte von der Wiese entfernt. Ein Teppich aus Wasserlinsen verbirgt seine Oberfläche und alles, was darunter sein mag.

Ute lehnt sich an den Stamm einer Kiefer und verschränkt die Arme vor der Brust.

»Wo ist Robert?«, frage ich wieder.

»Was weiß ich«, sagt Ute. »Vielleicht hat ihn der Wolf geholt?« Sie hebt einen Stein vom Boden auf und lässt ihn ins Wasser fallen. Die Wasserlinsen rücken gemächlich auseinander, dann schließen sie sich wieder.

Als wäre nichts geschehen.

Jan Beinßen
Tödlicher Segen

Paul Flemming merkte seiner Frau sofort an, dass etwas nicht stimmte. So wie sie ihn ansah, leicht schräg von der Seite, die blonden Haare wie einen Schutzwall ins Gesicht hängen lassend – ganz klar: Sie hielt mit irgendetwas hinterm Berg.

»Was ist los, Kati?«, sprach er sie an und legte den Karton mit Weihnachtsdekoration beiseite, mit der er ihre Wohnung auf die bevorstehende Adventszeit vorbereiten wollte. »Rück raus damit: Was hast du auf dem Herzen?«

Katinka druckste eine Weile herum, bevor sie den blechernen Elch, der für die Terrasse bestimmt war, auf den Boden stellte und zu plaudern begann: »Eigentlich widerstrebt es mir, dich in deinen detektivischen Ambitionen zu bestärken. Ich finde es viel zu gefährlich, wenn du Aufgaben übernimmst, die man den Profis der Branche überlassen sollte. Schließlich bist du Fotograf und kein Ermittler.«

»Du sagtest ›eigentlich‹ – uneigentlich etwa nicht?«, fragte Paul und war überaus gespannt darauf, was seine Frau, die Oberstaatsanwältin, ihm mitzuteilen versuchte.

»Ich muss wohl eine Ausnahme machen. Denn ich habe Dr. Drechsler leichtfertigerweise versprochen, dass du ihm den Gefallen tun wirst.«

»Welchen Gefallen?«

Katinka Blohm berichtete, dass der angesehene Anwalt und Notar Konrad Drechsler noch vor den Feiertagen eine Erbangelegenheit regeln müsste: Der kürzlich verstorbene Nürnberger Immobilienhändler Erhard Engelbrecht habe seiner in den USA lebenden Nichte Tina ein beträchtliches Vermögen hinterlassen. Seine drei Kinder dagegen, mit denen er sich schon vor Jahrzehnten überworfen hatte, müssten sich mit ihrem gesetzlichen Pflichtanteil begnügen.

»Ein Geldsegen zu Weihnachten? Wie schön für die Nichte!«, fand Paul.

»Ja«, bestätigte Katinka. »Allerdings ein Segen, der tödliche Auswirkungen haben könnte. Das zumindest befürchtet Dr. Drechsler.«

Katinka erläuterte, dass das Testament nur so lange wirksam sei, wie die Nichte lebe. Käme sie vor Antritt ihres Erbes um, so fiele ihr Teil am Vermögen an die direkten Nachkommen des Immobilienmoguls.

»Kollege Drechsler, der mit den Engelbrechts seit vielen Jahren eng verbunden ist, traut zwar niemandem aus der Familie einen Mord zu, möchte aber auf Nummer sicher gehen«, führte sie aus.

Paul konnte ihren Worten folgen, erkannte aber seine Rolle nicht. »Was soll ich tun?«

»Nichts Besonderes. Eine Kleinigkeit«, meinte Katinka mit einem etwas verkniffenen Lächeln. »Drechsler lässt anfragen, ob du Tina vom Flughafen abholen und zur Testamentseröffnung in seine Kanzlei begleiten würdest.«

»Ich?« Paul hob verwundert die Brauen. »Schon vergessen? Ich bin – wie du soeben selbst festgestellt hast – Fotograf und kein Bodyguard.«

Seine Frau winkte ab. »Dr. Drechsler möchte keinen Staub aufwirbeln und die Angelegenheit so diskret wie möglich regeln. Deshalb greift er nicht auf die Dienste einer Detektei oder eines Security-Service zurück, sondern auf dich. Ich hatte ihm mal von deinem Talent als Spürnase erzählt, daher seine Anfrage.« Sie schnappte sich Pauls Hand und drückte sie. »Das ist ein Vertrauensbeweis, Paul. Ein Mann von Drechslers Format würde nicht jeden x-Beliebigen dafür nehmen.«

Paul hatte seine Zweifel. »Der wahre Grund liegt wohl darin, dass ein echter Detektiv zu teuer ist, oder? Was zahlt dein Dr. Drechsler denn für den Job?«

»Es ist ein Gefälligkeitsdienst für einen geschätzten Kollegen«, nahm ihm Katinka jede Illusion. »Du machst es umsonst.«

Paul war pünktlich, ja sogar überpünktlich. Nachdem er seinen Renault Kangoo in der Kurzhaltezone vor dem Terminal des Flughafens abgestellt hatte, ging er auf direktem Weg zum Informationsschalter. Dort – so lautete die schnörkellos formulierte Anweisung von Dr. Drechsler – sollte er auf seinen Fahrgast warten, was Paul auch tat.

Während er sich an eine Säule lehnte und die Ströme der Passagiere an sich vorbeiziehen ließ, behielt er die Fluganzeige im Blick. Die Zeit verstrich. Die Maschine der KLM, auf der Tina via Amsterdam anreisen sollte, war längst gelandet, als er allmählich ungeduldig wurde. Selbst wenn man eine gewisse Zeit am Kofferband einrechnete, hätte Tina mittlerweile am Treffpunkt sein müssen.

Paul stand sich die Beine in den Bauch. Als seine Verabredung eine halbe Stunde später noch immer nicht aufgetaucht war, machte er sich auf die Suche. Er hielt Ausschau nach einer jungen Dame, auf die Tinas Beschreibung zutreffen könnte, schritt jeden Winkel der

Ankunftshalle ab, suchte auch in den Abflughallen, Zwischentrakten und auf dem Vorplatz bei den Taxiständen. Anschließend kehrte er zum Info-Counter zurück und erkundigte sich, ob in der Zwischenzeit nach ihm gefragt worden sei. Fehlanzeige.

Ziemlich ratlos stieg Paul weitere dreißig Minuten später in seinen Wagen und fuhr zu Dr. Drechslers Kanzlei in der Innenstadt.

Der Anwalt, ein fülliger Endfünfziger mit aristokratischen Zügen, fiel aus allen Wolken. Auch die drei leiblichen Kinder des Verstorbenen, die sich zur Testamentseröffnung in der Kanzlei eingefunden hatten, reagierten überrascht, als Paul ohne die erwartete Begleitung in dem holzgetäfelten Konferenzraum aufschlug.

»Die arme Tina! Hoffentlich ist ihr nichts zugestoßen«, klagte die ältliche Bianca Engelbrecht in jammerndem Ton.

»Skandalös. Wie konnte das passieren?«, fragte der stramme Peter Engelbrecht und taxierte Paul scharf.

Sein snobistisch wirkender Bruder Michael schien dem Vorfall weniger Bedeutung zuzumessen, denn er behielt seine lässige Haltung bei, lehnte sich im breiten Ledersessel zurück und meinte mit jovialer Geste: »Unser Cousinchen wird schon auftauchen. Tina hat eben ihren eigenen Kopf. Vielleicht hat sie auf Konrads Chauffeurdienst gepfiffen und stattdessen die U-Bahn genommen. Ihr wisst doch, dass sie nichts von Extrawürsten hält.«

»Dann müsste sie trotzdem längst hier sein«, sagte der Anwalt mit zerfurchter Miene.

Während Paul sich mit Schuldgefühlen plagte und überlegte, wie er seinen Misserfolg Katinka gegenüber vertreten sollte, erschien eine aufgeregte Vorzimmerdame. Wild gestikulierend teilte sie der ratlosen Gesellschaft mit, dass sie ihre Unterredung unterbrechen müsse. Und zwar dringend:

»Ein Anruf für Sie, Herr Dr. Drechsler«, rief sie mit schriller Stimme. »Es geht um Fräulein Tina!«

Drechsler bedeutete ihr, das Gespräch auf seinen Apparat zu legen, und begab sich – mit der Erbengemeinschaft und Paul im Schlepptau – zu dem Monstrum eines Schreibtisches in seinem Büro. Die Telefonschnur spannte über seinem Bauch, als er das Telefonat entgegennahm und in kurzer Folge dreimal Ja! sagte, um anschließend eine Frage zu stellen. Doch er kam nicht dazu, diese zu formulieren, denn sein Gesprächspartner hatte offenbar schon aufgelegt.

Der Anwalt legte den Hörer zurück auf die Gabel und wirkte jetzt sehr blass. »Tina wurde ...« Er räusperte sich, da seine Stimme ihren Dienst versagte.

»Hier, trink einen Schluck, Konrad.« Bianca Engelbrecht war mit einem Glas Wasser zur Stelle.

»Danke«, sagte Dr. Drechsler und nahm einen neuen Anlauf, den Inhalt des Gesprächs wiederzugeben: »Wie es aussieht, ist Tina entführt worden.«

Ein Raunen füllte das Büro. Bianca stieß einen spitzen Schrei aus.

»Wie ist das möglich?«, fragte Paul mehr als überrascht. »Ich war pünktlich am Airport!«

»Offensichtlich hat sich am Flughafen jemand anderes als Paul Flemming ausgegeben und eure Cousine abgefangen, bevor sie den Treffpunkt erreichen konnte«, erläuterte Drechsler. »So oder ähnlich muss es gelaufen sein.«

»Entführt?«, fragte Peter aufgebracht. »Von wem und warum?«

»Wahrscheinlich ist jemand aufs Lösegeld scharf«, mutmaßte Michael noch immer relaxed. »Tina ist ja jetzt reich.«

»Noch nicht«, widersprach Dr. Drechsler. »Die eineinhalb Millionen Euro, die euer Vater Tina hinterlassen hat, stehen ihr erst zu, wenn das Testament vollstreckt wurde.« Mit brüchiger Stimme fügte er hinzu: »Aber du hast recht, Michael: Es wurde ein Lösegeld gefordert: zweihunderttausend Euro. Wenn ihr nicht bereit seid zu zahlen, wird eure Cousine sterben.«

Das war zu viel für das Nervenbündel Bianca. Sie verdrehte die Augen und fiel in Ohnmacht, direkt in die Arme von Paul, der schnell genug reagierte.

Nach einer halben Stunde, angefüllt mit hitzigen Diskussionen, waren sich die Anwesenden darüber einig, dass sie sich uneinig waren. So sehr sich Dr. Drechsler um einen Konsens bemühte, ließen sich die drei Engelbrecht-Nachkommen nicht zu einer gemeinsamen Haltung bringen.

»Die arme Tina kann einem leidtun. Aber wer sagt denn, dass sie wirklich wieder freikommt, wenn die Entführer das Geld haben?«, gab sich Peter skeptisch.

»Trotzdem müssen wir es wenigstens versuchen«, insistierte Bianca. »Obwohl ... zweihunderttausend Euro sind eine Menge Geld. Wer weiß, ob wir die jemals wiedersehen.«

»Unser Cousinchen ist ja bald reich«, warf Michael ein. »Es dürfte ihr nicht schwerfallen, unsere Auslagen später wiederzuerstatten.«

»Das stimmt«, sagte Dr. Drechsler. »Ihr geht keinerlei Risiko ein, denn die Erbmasse ist ja weitaus größer.«

»Der Haken an der Sache ist, dass ich gar nicht über

so viel Bares verfüge, um es auslegen zu können. Ich bekomme nicht einmal den Bruchteil der geforderten Summe zusammen«, wandte Peter etwas verschämt ein und forschte in den Gesichtern seiner Geschwister: »Ihr etwa?«

Abermals meldete sich der Anwalt zu Wort: »Lasst das meine Sorge sein.« Er deutete auf einen schrankgroßen Safe, der in der Ecke seines Büros stand. »Ich verwahre Mandantengelder in ausreichender Höhe, die ich euch kurzfristig vorstrecken könnte.«

»Das können wir nicht annehmen«, lehnte Bianca ab. »Du hast ohnehin schon viel zu viel für unsere Familie getan, ohne dass es dir gedankt worden ist. Immer wieder opferst du dich für uns auf. Eigentlich hätte unser Vater dich zu seinem Haupterben machen müssen statt Tina.«

»Nicht doch, nicht doch.« Dr. Drechsler senkte verlegen den Blick. »Mit den Honoraren, die euer Vater mir gezahlt hat, bin ich für meine Mühen gebührend entschädigt worden. Auch wenn Erhard nun tot ist, bleibe ich seiner Familie verpflichtet. Es wäre mir eine Ehre, euch das Geld vorstrecken zu dürfen.«

Während die drei Geschwister die Köpfe zusammensteckten und tuschelten, ergriff Paul das Wort: »Wie wäre es denn, wenn wir die Polizei einschalten, anstatt auf die Forderungen des Kidnappers einzugehen?«

Dr. Drechslers Wangen färbten sich rosa. »Auf keinen Fall!«, sagte er laut. »Der Anrufer hat ausdrücklich darauf hingewiesen: keine Polizei! Andernfalls bedeutet das das sichere Todesurteil für Tina.«

»Du meinst, der Entführer würde wirklich Ernst machen und ...« Michael strich sich mit der Handkante über den Hals und verdrehte die Augen.

»Michael! Wie geschmacklos!«, empörte sich Bianca.

»Geschmacklos, aber vermögend«, meinte Michael mit glänzenden Augen. »Denn wenn diese Verbrecher kurzen Prozess machen, fällt das Geld an uns. Vielleicht wäre es also gar keine schlechte Idee, die Polizei einzuschalten.«

»Michael!« Sein Bruder sah ihn rügend an. »Deinen Zynismus kannst du für dich behalten. Hier geht es immerhin um ein Menschenleben.«

»Richtig«, sagte Dr. Drechsler und schloss einen eindringlichen Appell an: »Ich rate noch einmal dringend dazu, dass ihr mir euer Einverständnis erteilt, das Lösegeld zu zahlen. Ich sehe keine andere Möglichkeit, wie wir Tina ansonsten schützen könnten.«

Obwohl wahrscheinlich weder Peter noch sein dandyhafter Bruder Michael oder die emotionale Schwester Bianca sonderlich viel für ihre im Ausland lebende Cousine übrighatten und sich gewiss fragten, warum ihr Vater einen Narren an dem Mädchen gefressen hatte, mochte keiner von ihnen den Tod der jungen Frau in Kauf nehmen. Paul spürte es: Sie standen dicht davor, dem Anwalt grünes Licht zu geben und auf den Deal mit dem Entführer einzugehen. Was hatten sie denn auch schon zu verlieren? Wenn alles gut ging, nichts. Denn Tina würde Dr. Drechslers Auslagen ersetzen können, sobald ihr das Engelbrecht'sche Vermögen überschrieben worden wäre. Und wenn es schiefging und Tina starb? Dann dürfte sich das Geschwistertrio über jeweils fünfhunderttausend Euro freuen, zuzüglich ihres Pflichtanteils. Auch nicht schlecht.

Paul, der ein ganz mieses Gefühl bei dieser Geschichte hatte, wollte dem einvernehmlichen Ja zuvorkommen und fragte Dr. Drechsler offensiv: »Wer hat eigentlich davon gewusst, dass ich Tina vom Flughafen abholen sollte?«

»Wer ...« Der Anwalt machte große Augen. »Warum wollen Sie das wissen?«

»Jemand muss es dem Kidnapper gesagt haben, denn woher hätte er sonst wissen sollen, wo er Tina abfangen konnte?«

»Wir alle haben es gewusst«, sagte Michael ungerührt. »Dr. Drechsler hatte uns darüber informiert. Und wer weiß, wem unser Cousinchen alles davon erzählt hat. Ein Geheimnis war es jedenfalls nicht.«

Auf dieser Spur kam er nicht weiter, erkannte Paul und versuchte es anders: »Wie geht es jetzt weiter? Wie soll das mit der Lösegeldübergabe laufen?«

»Die Entführer werden wieder anrufen und sich erkundigen, ob wir zustimmen«, erläuterte Dr. Drechsler. »Anschließend wollen sie mir Ort und Zeit mitteilen, um den Austausch vorzunehmen.«

»Gut«, sagte Paul und sah den Anwalt fest an. Er folgte einer spontanen Idee, als er vorschlug: »Überlassen Sie das mir. Ich habe einige Erfahrung in solchen Dingen und kann damit umgehen, wenn es hart auf hart kommt.«

»Ihnen überlassen?« Schweißperlen bildeten sich auf Dr. Drechslers Stirn.

Paul witterte, dass er auf der richtigen Fährte war. Er wandte sich an die anderen und erklärte: »Immerhin hat man mich engagiert, um für den Schutz Ihrer Cousine zu sorgen. Genau das werde ich jetzt tun! Ich übernehme die Verhandlung mit dem Erpresser und tausche das Geld gegen die Geisel aus.«

Bianca, Michael und Peter tauschten sich kurz aus und nickten. »Vernünftiger Vorschlag«, fasste Peter ihre Meinungen zusammen.

»Aber nein! Nein, so geht das doch nicht.« Dr. Drechsler hatte sich längst von seinem Sessel erhoben und ging unruhig auf und ab. »Wir werden das Misstrauen dieser Verbrecher wecken, wenn sich plötzlich jemand anderes am Telefon meldet. Natürlich werden sie denken, dass wir doch die Polizei eingeschaltet haben.«

»Ich werde mich als Paul Flemming zu erkennen geben«, hielt Paul dem entgegen. »Die Kidnapper wissen ja von mir, daher wird es keine Probleme geben.«

Drechslers Stirn glitzerte vor Schweiß. Sein Gesicht war krebsrot. »Das dürfen Sie nicht!«, rief er aufgebracht. »Mit Ihrer Einmischung machen Sie alles nur schlimmer.«

»Meinen Sie?«, fragte Paul provokant und stürzte zum Telefon, kaum dass es zu läuten begonnen hatte.

»Hallo!«, meldete er sich. »Nein, nicht Dr. Drechsler. Sie sprechen mit Paul Flemming. Aber ich bin im Bilde. Ob alles wie geplant läuft? Wie ist es denn geplant? Ach so, in einer halben Stunde. Wo? Ja, die Straße kenne ich. Tina geht es gut? Das höre ich gern. Wie es mit der Bezahlung aussieht? Sagen Sie es mir! Wie bitte? Vereinbart waren zweitausend? Nicht mehr? In Ordnung, das geht klar. Alles läuft wie abgesprochen. Machen Sie sich keine Sorgen.«

Paul legte auf und war sehr nachdenklich. In dem Büro herrschte eisiges Schweigen. Paul durchbrach es, indem er dem honorigen Anwalt und Notar Dr. Konrad Drechsler die Leviten las: »Sie haben ein paar arme Gauner angeheuert, damit sie sich Tina schnappen und für einige Stunden durch die Gegend kutschieren. Lumpige zweitausend wollten Sie sich das kosten lassen, um selbst zweihunderttausend zu kassieren. Wollten Sie sich damit eine Art Wiedergutmachung dafür bescheren, dass Sie von Ihrem alten Freund und Mandanten Engelbrecht undankbar behandelt worden sind?«

Dr. Drechsler sah ihn finster an. »Undankbar ist gar kein Ausdruck. Der alte Pfennigfuchser hat mir immer nur das Allernötigste bezahlt. Ich wollte mir nehmen, was mir zusteht.«

»Das bekommen Sie jetzt«, sagte Paul scharf. »Ein Weihnachtsfest im Knast – das ist es, was Ihnen zusteht.«

Petra Nacke
Schwarze Sonne

Zwei Farben: weiß und braun. Braun ist die Erde ganz nah an seinem Gesicht. Vor Wochen, im Herbst war es, als der Pflug sie umgewälzt und in eine neue Form gebracht hat. Mit den Fingern hat er reingegriffen und schöne, tiefe Rillen hineingerissen, Linien, Muster. Unendlich weit.

Jetzt sieht er all die Canyons, durch die Spacehunter rasen, die von Vogonenschiffen gejagt werden. Er kann die Hebel in seinen Händen fühlen. Seine Daumen drücken auf Knöpfe – bäng, bäng, bäng. Die Lasergeschosse sirren durch die Luft, Blitze zucken, Explosionen. Die Wand, die Felswand! Verdammt, schneller – gegensteuern, ausweichen, weiter! Weiter durch die Canyons von Trigon 8. Schneller, schneller, sie kommen näher! Treffer, Aufprall! Und er sieht Gesichter, die er nicht sehen will, hört Münder, die schreien – sie sollen still sein! Sie sollen endlich, verdammt noch mal, die Klappe halten!

So hart wie der Felsen, so weich ist der Schnee. Zart und süß wie Puderzucker auf einem Schokoladenkuchen. Lang ist es noch nicht her. Der Schokoladenkuchen mit Puderzuckerstaub – Ewigkeiten entfernt. Auf dem Kuchen standen Kerzen. Achtzehn Kerzen. Er hat sie alle ausgeblasen. Er riecht den Kuchenduft, riecht, wie sie gerochen hat, die gebackene Schokolade. Irgendwie ist ihr Duft jetzt wichtiger als alles andere. Wichtiger als die Vogonen, die Knöpfe, der Highscore, die Kumpel. Wichtiger als der schwarze Schatten über ihm. Nichts ist jetzt so wichtig wie dieser Geruch. Aber der Tod ist keine Erinnerung an den Duft von gebackener Schokolade. Der Tod ist ein stumm schreiender Schmerz.

***

»Erfroren, hm?«

»Sieht ganz danach aus, Näheres kann ich aber erst sagen, wenn ich ihn auf dem Tisch gehabt hab.«

»Ziemlich junger Kerl, fast noch ein Kind. Wieso legt der sich in den Schnee und erfriert?«

»Wie gesagt ...«

»... ist schon klar. Erst der Tisch.«

***

Fünf lebende Menschen und ein toter. Es ist kurz nach neun, und es ist Dienstag. Die Lebenden sind Marc Siemers und Eva Lintl von der Nürnberger Mordkommission, der Gerichtsmediziner Ernst Faller sowie Meier und Funk von der Spurensicherung. Der Tote hat noch keinen Namen. Er trägt nichts bei sich, womit er sich hätte ausweisen können. Er ist vollkommen nackt. Die alte Dame, die ihn vor einer knappen Stunde beim Spazierengehen mit ihrem Hund entdeckt hat, ist schon wieder auf dem Weg nach Hause. Wahrscheinlich wird sie als Erstes bei der Nachbarin klingeln und versuchen, sich den Schock von der Seele zu reden. Vielleicht sitzt sie um zwölf Uhr immer noch dort, während im K1 über einen nackten Toten gerätselt wird.

***

»Wir haben also nichts außer einem ungefähren Todes-zeitpunkt, den Zähnen und diesem Tattoo?« Siemers blickt in das starre Gesicht des Toten, als versuchte er, darin zu lesen.

»Naja, erstens ist das nicht nichts, und zweitens haben wir allein mit der Tätowierung schon einen wichtigen Hinweis.« Faller deckt den Toten so weit auf, dass man das kreisrunde Tattoo gut sehen kann. »Für was haltet ihr das?«

»Sieht aus wie eine stilisierte Blume«, Eva Lintl beugt sich vor, um besser sehen zu können, »ja, wie eine Blume mit etwas zackig geformten Blütenblättern.«

»Mit ›zackig‹ sind Sie schon auf einer ganz guten Spur, aber mit einer Blume hat das Ding hier nichts zu tun.« Faller streicht langsam über die Tätowierung. »Sie wurde ziemlich schlecht und erst vor Kurzem gemacht, an einigen Stellen ist die Haut noch angegriffen. Auf keinen Fall stammt sie von einem Profitätowierer, wahrscheinlich eher von einem Kumpel. Vielleicht hat er sie sogar selbst gestochen, deshalb kann man sie nicht gleich als das erkennen, was sie wirklich ist. Schaut noch mal genauer hin!«

»Ach du Scheiße«, sagt Siemers und fasst sich mit der Linken ins Genick, »das ist eine Schwarze Sonne!«

»Das ist eine Schwarze Sonne«, bestätigt Faller. »Die findet man zwar auch bei Leuten aus der Gothic-Szene, aber in Kombination mit dem extremen Kurzhaarschnitt des Toten tippe ich eher auf rechts außen.«

»Extreme Kurzhaarschnitte werden manchmal auch von Ermittlern getragen, die inwendig eher links ticken«, feixt die Lintl mit Blick auf Siemers, »aber mit ein bisschen Glück haben wir unseren unbekannten Toten in der Datenbank, dann hätten wir wenigstens seine Identität geklärt. Die Fingerabdrücke haben Sie doch bestimmt schon genommen?«

Faller nickt. »Was ich aber nicht weiß, ist, ob Fremdeinwirkung im Spiel war. Bisher sieht es nicht so aus. Er hat keinerlei äußere Verletzungen, bis auf ein paar Hämatome am Oberarm, die aber nicht auffällig sind. Er hatte keinen Alkohol im Blut und, soweit ich es bisher sagen kann, auch keine bekannten Drogen. Der große toxikologische Test braucht allerdings noch 'ne Weile. Aber, ohne euch vorgreifen zu wollen, sag ich mal so: Es ist doch relativ unwahrscheinlich, dass sich einer auszieht und freiwillig in den Schnee legt, wenn er nicht stockbesoffen oder auf Droge ist.«

»Ich mach mich dann mal auf die Suche bei den Neonazis, vielleicht haben wir ihn ja gespeichert.« Die Lintl geht und lässt zwei nachdenkliche Männer zurück.

»Weißt du, Faller, was mich bei der ganzen Geschichte am meisten nervt?«

»Dass du in der nächsten Zukunft wieder ziemlich viel Zeit mit stiernackigen Arschlöchern verbringen wirst?«

»Genau.«

***

Es ist Dienstagnacht, und es ist laut. Der tote junge Mann mit der Schwarzen Sonne auf der Brust liegt schon seit gut sieben Stunden wieder im Kühlfach der Gerichtsmedizin. Dort liegt er ruhig.

Hier im *Kravallska* ist der Name Programm. Das schlechte Bier scheint im Takt der Beats aus dem Glas flüchten zu wollen. Siemers trinkt quasi Gnadenschlucke, damit es nicht auf dem billigen Plastikfurnier des Tresens landet. Im Vergleich mit den anderen Gästen fällt er kaum auf. Genau wie sie sieht er aus wie einer, dem das Testosteron gleich aus den Ohren läuft. Der Club hier im Industriegebiet am Stadtrand ist privat, also illegal, den unterschiedlichsten Dezernaten aber bestens bekannt. Das Passwort für heute hat er von Thilo von der Sitte bekommen. Siemers hätte aber genauso gut bei Kurt alias Vladimir im Drogendezernat oder gleich beim Verfassungsschutz anrufen können. Alle sind hier aktiv, und an manchen Tagen kommt man sich im *Kravallska* vor wie in der Polizeikantine oder beim Klassentreffen. Heute scheint erstaunlicherweise niemand von den Kollegen da zu sein. Naja, es ist eben Dienstag.

Warum Siemers hergekommen ist, weiß er selbst nicht so genau. Schon kurz nach dem Mittagessen (matschige Krautwickel mit einer grauenhaften Soße) hatte die Lintl die Identität des Toten geklärt. Kevin Göllner, ein klassisches Hartz-IV-Produkt: Mutter alleinerziehend und auf staatliche Unterstützung angewiesen, Dreizimmerwohnung in Schweinau, erste Auffälligkeit von Kevin (ältester Sohn) mit vierzehn Jahren: räuberische Erpressung, da ging es um ein Handy. Dann weiter mit kleineren Diebstählen: Automaten, Handtaschen, anschließend auch Tankstellenüberfälle. Später immer öfter Gewaltdelikte, Schlägereien und zuletzt diese Geschichte mit dem Asylbewerber: Kadhum Albasri, zusammengeschlagen und -getreten. Lebensbedrohliche Verletzungen, unter anderem ein Schädel-Hirn-Trauma, liegt seit dem Überfall im Koma. Offenbar waren zwei Männer an dieser Sauerei beteiligt, aber nur Kevin wurde noch in der Nähe des Tatorts geschnappt. Weil er stark alkoholisiert und zu dem Zeitpunkt noch minderjährig war, kam er mit einer lachhaften Jugendstrafe davon und konnte seinen achtzehnten Geburtstag schon wieder in Freiheit feiern.

»Zum Kotzen das alles«, knurrt Siemers in sein Bierglas.

»Passt dir die Mucke hier nicht, Alter?«, knurrt es von rechts zurück.

Der Kerl sieht aus wie der Prototyp eines Neonazis. An die zwei Meter groß, bullige Statur, jedes sichtbare Stück Haut tätowiert einschließlich der ölig schimmernden Glatze. Auf dem schwarzen T-Shirt prangt eine weiße »88« im Lorbeerkranz, ein gängiges Motiv in der Szene, die 8 steht für den achten Buchstaben im Alphabet, die Doppelacht also für HH, sprich: Heil Hitler.

»Was meinst du?«

»Ich hab dich gefragt, ob dir die Musik nicht passt.«

»Quatsch, Mann, die Musik ist in Ordnung, aber nicht, was mit Kevin passiert ist«, Siemers probiert es gleich auf dem direkten Weg, beißt aber auf Granit.

»Du siehst nicht aus wie'n Kumpel von Kevin, eher wie einer von diesen verdammten Schnüfflern, die hier alle Schieß lang aufschlagen und denken, wir merken nix.« Die Nase des Typen ist nur noch wenige Zentimeter von Siemers Gesicht entfernt, die Schnapsfahne lässt deutliche Rückschlüsse auf den Abendkonsum zu – und auf das daraus resultierende Reaktionsvermögen. Blitzschnell packt Siemers zu. Dem Typen treten auf der Stelle die Tränen in die Augen.

»Ich nenne das die Eierzange«, sagt Siemers, »und wenn du dem deutschen Volk noch gesunde Kinder zeugen willst, dann rate ich dir, mich nie wieder als Bullen zu beschimpfen. Ist das klar?«

»Klar, Mann«, stöhnt der Glatzkopf, aber so schnell kommt er Siemers nicht aus.

»Ich bin nicht sicher, ob du mich nicht verarscht. Sag es noch mal, in ganzer Länge.«

»Du bist kein Bulle, Mann, ehrlich. Nix für ungut.«

Siemers lässt los und bestellt zwei Doppelkorn. Fünf Minuten später trinkt er mit der Glatze aufs Vaterland. Zupackende Argumente und Schnaps. So schnell findet man Kumpel in der rechten Szene.

***

Noch am Dienstagnachmittag, gleich nachdem sie die Identität des Toten geklärt hatte, war Eva Lintl zu dessen Mutter gefahren, bei der er laut Melderegister immer noch wohnt. Ihr wurde auf mehrmaliges Klingeln von einer zierlichen Frau geöffnet, die sie offenbar aus dem Schlaf gerissen hatte:

»Ich muss mich nachmittags hinlegen, Entschuldigung.«

Frau Göllner führte sie in eine penibel aufgeräumte Küche und begann schweigend, Kaffee zu kochen. Erst nachdem zwei dampfende Becher auf dem Tisch standen und sie einen Schluck getrunken hatte, stellte sie die Frage: »Was hat er dieses Mal ausgefressen?«

Eva Lintl hasste diese Aufgaben. Wie sagt man es am besten? Gibt es überhaupt eine Möglichkeit, das Schreckliche auf eine richtige Weise zu sagen? Wie sagt man einer Mutter, dass ihr Kind tot ist? Die ersten Reaktionen des Gegenübers sind das Nächste. Auf die muss man auch in angemessener Form reagieren. Einige der Angehörigen schreien, werden vom Schock regelrecht in einen Schreikrampf katapultiert. Andere schlagen um sich. Wieder andere brechen stumm zusammen.

Frau Göllner schien zunächst gar nicht auf die Nachricht vom Tod ihres älteren Sohnes zu reagieren. Sie saß da wie versteinert und starrte durch die Frau hindurch, die ihr am Küchentisch gegenübersaß. Nach einer endlosen Weile des stummen Starrens löste sich eine einzelne Träne, verfing sich kurz im unteren Wimpernkranz des linken Auges, lief dann über die Wange schräg hinunter bis zum Kinn, wo sie eine Ewigkeit zu verharren schien, und tropfte schließlich auf den Kragen ihres grauen Bademantels. Dann atmete Frau Göllner tief und wie gegen einen schweren Widerstand ein und fragte ein einziges Wort:

»Wie?«

»Er ist erfroren, aber wir wissen leider noch nicht, wie es dazu gekommen ist.« Die Lintl schwieg und beobachtete ihr Gegenüber. Frau Göllner schien vollkommen unberührt, beinahe zu ruhig. »Verzeihen Sie, aber ich muss Ihnen diese Frage stellen: War Ihr Sohn suizidgefährdet, hat er mal versucht, sich etwas anzutun?«

»Mein Sohn«, sagt Frau Göllner, und ein bitterer Zug geht um ihren Mund. »Er war schon lange nicht mehr mein Sohn. Wir haben in derselben Wohnung gelebt, ich putze sein Zimmer, aber ich habe ihn nicht mehr gekannt. Ich weiß nicht, wer er war oder ob er sich etwas antun wollte. Ich weiß nichts von ihm. Wenn er nicht bei seinen angeblichen Freunden war, saß er tagelang vor dem Computer und hat irgendwelche«, sie unterbricht sich und schluckt, »Spiele gespielt. Das meiste, was ich von ihm weiß, weiß ich von der Polizei, wenn sie ihn wieder mal verhaftet hatte.« Die letzten Worte waren schon von einem krampfhaften Schluchzen erstickt worden. Der Damm war gebrochen, und der aufgestaute Frust floss in Strömen aus ihr heraus.

Um zu erkennen, dass Frau Göllner mit ihrer ganzen Lebenssituation hoffnungslos überfordert war, musste man kein Psychologe sein. Das Geld reichte offenbar hinten und vorne nicht, und obwohl sie im Südklinikum als Putzkraft arbeitete und immer wieder an der Kasse eines Discounters einsprang, war sie auf Sozialhilfe angewiesen, um über die Runden zu kommen. Der jüngere Sohn war noch in der Schule und bisher unauffällig. Dafür raubte ihr der ältere seit Jahren den Schlaf.

»Warum hat Kevin nicht gearbeitet, er hat doch schließlich hier gewohnt?«, wollte die Lintl wissen.

»Er hat bei einem Autoteilehersteller angefangen, da war er sechzehn. Die hätten ihn als Azubi genommen, sogar ohne Realschulabschluss. Aber dann hat er diese Gestalten kennengelernt ...« Ein erneuter Weinkrampf brach sich die Bahn. »Diese Gewalt, diese schreckliche Gewalt, das viele Blut, aufgehängte Menschen! Ich kann es nicht verstehen. Warum hat er das getan? Warum hat er diesen armen Jungen halb tot geschlagen«

»Sie kennen Kadhum Albasri?«, fragt Eva Lintl erstaunt.

»Ja, er liegt im Südklinikum. Ich putze jeden Tag in seinem Zimmer.«

***

Mittwoch, kurz nach neun. Staatsanwalt Matuschek ist zur Dienstbesprechung gekommen, will sich über den Stand der Dinge unterrichten. Außer ihm beugen sich Lintl, Dr. Faller und ein ramponiert wirkender Siemers über ihre Kaffeebecher.

»Es gibt also immer noch keinen Hinweis auf ein Gewaltverbrechen?«

»Es gibt gewisse Auffälligkeiten, für die ich aber keine Erklärung habe«, Faller sucht die richtigen Worte, denn viel hat er nicht in der Hand. »Mir ist der seltsam starre Gesichtsausdruck des Toten aufgefallen, er sieht aus, als wäre er schon zu Lebzeiten versteinert. Außerdem waren seine Augen geöffnet, das ist ungewöhnlich beim Tod durch Erfrieren. Diesen komisch versteinerten Gesichtsausdruck bei offenen Augen hab ich allerdings schon einmal auf dem Tisch gehabt, das Opfer war von einer Schlange gebissen worden.«

»Ein Schlangenbiss?«, Matuschek schnappt nach Luft, »und bevor sie ihn gebissen hat, ist sie noch schnell über ihn rübergerutscht und hat ihn ausgezogen? Oder nein, warten Sie: Er ist nackt durch den Westpark geschlendert, bei Minusgraden, und ist dort von einer giftigen Schneeschlange gebissen worden. Haben Sie denn Bissspuren gefunden und Schlangengift in seinem Körper nachweisen können, oder ist das so was wie Bauchgefühl, Herr Faller?«

»Keine Bissspuren, keine Einstichstellen und bisher auch kein Gift«, gesteht Faller, »der Nachweis von Nervengift, und darum könnte es sich handeln, ist allerdings auch schwierig, denn das Neurotoxin von Schlangen besteht aus Eiweißbausteinen, und die docken an die körpereigenen an und ...«

»Mit anderen Worten: Sie haben nichts Konkretes in der Hand, das auf ein Gewaltverbrechen schließen ließe?«

Faller nickt bekümmert.

»Und wie sieht es bei Ihnen aus, Frau Lintl, Herr Siemers?«

»Von Frau Göllner gab es nicht viel über Kevin zu erfahren. Der Laptop aus seinem Zimmer wird momentan noch von der KTU unter die Lupe genommen. Und sie kennt den jungen Iraker, den ihr Sohn krankenhausreif geschlagen hat.«

»Danke, Frau Lintl. Herr Siemers, was haben Sie – außer einer offensichtlich langen Nacht hinter sich?«

Siemers kann Matuschek nicht ausstehen, niemand mag Matuschek. Aber mit dem Kommissar und dem Staatsanwalt treffen zwei Welten aufeinander, wie sie gegensätzlicher nicht sein könnten, und deshalb sagt Siemers nur: »Stimmt, war 'ne lange Nacht«, bevor er aufsteht und geht.

***

Frau Albasri starrt Siemers mit großen, schwarzen Augen an, sie versteht nicht, was er von ihr will. In der Luft liegt ein Geruchsmix aus feuchter Wäsche, heißem Fett und Bohnerwachs. Auf dem Boden krabbeln zwei kleine Kinder und spielen mit Plastiktieren. Der Dolmetscher wiederholt Siemers' Frage auf Arabisch: »Wo ist der Bruder Ihres Mannes, wo ist Bilal Albasri?« Die Frau bricht in Tränen aus und schreit weinend auf den Dolmetscher ein, der übersetzt noch einmal, so gut er kann: »Sie sagt, ihr Mann nicht wieder aufgewacht. Bilal weg, hat Angst vor Männer mit – äh, wie heißt: Stock für schlagen Baseball. Er zittern ganze Zeit, schreit in Nacht. Nicht mehr rausgehen. Immer Zimmer und weinen. Sie jetzt allein mit Kinder. Warum geht Polizei nicht zu Männer und fragt, wo Bilal? Warum fragt Polizei Frau? Sie weiß nicht, wo Bilal, weiß nicht, wie soll leben in Deutschland ohne Mann. Hat auch Angst. Immer viel weinen.«

Herr Husseinu, der ehrenamtliche Übersetzer, zuckt entschuldigend mit den Schultern. In Damaskus war er Werbetexter, hier gerät er nach nur acht Monaten Deutschunterricht bald an seine Grenzen. Professionelle Dolmetscher sind momentan Mangelware, aber unter Zeitdruck muss es eben auch so gehen.

Siemers hatte von seinem glatzköpfigen neuen Kumpel aus dem *Kravallska* von diesem Bruder erfahren. Angeblich soll er Rache für Kadhum geschworen haben, und ist verschwunden, vielleicht untergetaucht. Das macht ihn auf jeden Fall verdächtig. Über den Umweg der Übersetzung weiß Siemers allerdings, dass Bilal Albasri schon seit gut zwei Wochen, also weit vor Kevin Göllners Tod, verschwunden sein soll. Er wird später bei der Leitung dieser Gruppenunterkunft noch einmal nachfragen, vorher interessiert ihn aber etwas anderes:

»Was ist Bilal Albasri von Beruf?«

»Von Beruf?«

»Was ist Arbeit von Bilal in Irak?«, radebricht Siemers.

»Ah, Arbeit!« Der Dolmetscher übersetzt die Frage für Frau Albasri.

»Sie sagt: Apotheker. Bilal Apotheker in Basra. Sie will wissen, warum Sie wollen wissen.«

»Das weiß ich selbst noch nicht so genau«, antwortet Siemers wahrheitsgemäß und zieht seine Visitenkarte aus der Sakkotasche. »Sagen Sie ihr bitte, sie soll sich bei mir melden – anrufen, telefonieren –, wenn Bilal wieder da ist. Und: Ich wünsche ihrem Mann alles Gute!«

Herr Husseinu übersetzt, und Frau Albasri lächelt ein winziges Lächeln, als sie antwortet.

»Sie sagt: Danke, Herr, und Allah soll Sie schützen.«

***

Der sozialpädagogische Betreuer in der Unterkunft hatte die Aussage von Frau Albasri mehr als bestätigt, denn er suchte Bilal selbst schon seit Längerem verzweifelt, da dieser sich dringend wegen der Erneuerung seiner Aufenthaltsgenehmigung beim Ausländeramt hätte melden müssen. Jetzt riskierte er die Aussetzung seines Asylantrags. »So was macht doch niemand, der unter Lebensgefahr aus seinem Land geflüchtet ist, ohne einen triftigen Grund, oder?«

Siemers ließ Bilal Albasri umgehend zur Fahndung ausschreiben.

***

Das Kantinenangebot am Mittwoch lässt mal wieder keine andere Wahl, als Pizza zu bestellen. Ist vielleicht auch besser so, alle haben das Gefühl, dass die Zeit drängt, und Pizza am Schreibtisch geht schneller und schmeckt besser als der Pichelsteiner Eintopf in der Kantine. Außerdem kann man ungestörter denken.

Die Familienpizza geht heute durch drei: Siemers, Dr. Faller und Svetlana Hegerova von der KTU, die sich seit gestern mit Kevin Göllners Laptop beschäftigt hat. Eva Lintl sitzt nebenan am Computer, weil sie etwas überprüfen will.

»Und – hast du was auf dem Ding gefunden, das uns durch das finstere Tal des Nebels führen könnte?«

Svetlana lacht. So ruppig wie Siemers meistens war, so schwurbelig konnte er sich gelegentlich ausdrücken.

»Ja, ich hab einiges gefunden, und das meiste davon ist ziemlich ekelhaft. Offenbar war dieser Kevin in einem Verteilerring, in dem Gewaltfotos und -videos ausgetauscht werden – wirklich krank! Glaubt mir, ihr würdet die beim Essen nicht sehen wollen. Von dem Abend, als sie Kadhum Albasri zusammengeschlagen haben, gibt es auch eine Aufnahme. Leider erkennt man nur die Opfer.«

»Die Opfer?«

»Ja, es waren zwei Männer, auf die sie mit Baseballschlägern eingedroschen haben, die Schweine.«

»Wer war der zweite?«, fragt Siemers, aber eigentlich hat er schon eine Antwort: »War es zufällig Bilal Albasri?«

Die Hegerova bestätigt seinen Verdacht.

»Sag mal, Faller«, wendet sich Siemers an den Gerichtsmediziner, »würde sich ein Apotheker eigentlich mit Giften, vielleicht auch mit Schlangengiften auskennen – rein theoretisch?«

»Theoretisch ja, praktisch vielleicht«, antwortet Faller kauend, »Toxikologie ist ein wichtiger Bestandteil des Pharmaziestudiums, jedenfalls in Deutschland.«

»Hast du denn schon irgendwas gefunden?«

»Wie gesagt«, Faller wischt sich die Finger an einem Stück Küchenrolle ab, »Neurotoxine sind ziemlich schwer nachzuweisen, vor allem, wenn sie von Schlangen stammen, wobei ich mir noch nicht mal sicher bin, ob es sich um ein Schlangengift handelt. Aber da muss was sein, kann bloß dauern. Denn ich bin mir mittlerweile sicher, dass er vergiftet worden ist, seine Lunge weist Anomalien auf, die auf einen Erstickungstod hinweisen, dazu der versteinerte Gesichtsausdruck und die geöffneten Augen – wäre alles typisch für ein organisches Neurotoxin, das unter Umständen ...«

»Wir sollten uns«, Siemers weiß, dass er den Mediziner an dieser Stelle unterbrechen muss, »auf das Motiv konzentrieren. Wer hätte einen Grund, Kevin Göllner aus dem Weg zu schaffen?« Draußen fallen Schneeflocken sachte und beinahe zögerlich. »Zum einen der Bruder von Kadhum Albasri, Bilal, weil er sich rächen wollte – klassisch mit einem Schuss Klischee. Dann käme natürlich auch noch unbedingt der Mittäter infrage; der hätte Angst haben können, verpfiffen zu werden. Das klingt nach einer zweiten Nacht im *Kravallska* – scheiße! Und dann natürlich ...«

»... der große Unbekannte«, ergänzt Eva Lintl den Satz und schnappt sich das letzte Stück Pizza, obwohl ihr Magen eigentlich rebelliert.

***

Eva hatte sich in den letzten Stunden in Kevins Horrorsammlung auf seinem Laptop vertieft und nach Opfern gesucht, die aufgehängt worden waren. Eine winzige Bemerkung von Frau Göllner war der Auslöser für diese Recherche gewesen. Sie hatte in einem Nebensatz von aufgehängten Menschen gesprochen, aber weder Kadhum Albasri noch der andere Mann auf dem Filmschnipsel waren aufgehängt worden, sie lagen am Boden, als sie misshandelt wurden. Frau Göllner musste also etwas anderes gesehen haben, vielleicht zufällig beim Blick ins Zimmer ihres Sohnes. Tatsächlich war die Lintl gleich mehrfach fündig geworden, sowohl auf der Internetplattform als auch in Kevins Dateiordnern. Sie hatte daraufhin in der Kripodatenbank nach ähnlichen Fällen gesucht und sich die Namen der Opfer notiert. Vier offiziell erfasste Fälle gab es in Franken, einen davon direkt in Nürnberg. Die Beschreibung des Tathergangs entsprach exakt dem Video, das unter Kevins Benutzer-Account im Internet gepostet worden war. Es zeigte einen jungen Mann, der kopfüber an einem Baum hing und mit Knüppeln von einem hünenhaften Mann traktiert wurde. Der Mann trug eine Gesichtsmaske, von der Statur her konnte es nicht Kevin sein, also war Kevin vermutlich der Mann hinter der Kamera. Das Ganze lag ziemlich genau zwei Jahre zurück.

»Mach es nicht so spannend, Eva!« Siemers sieht aus, als würde er gleich platzen.

»Das Opfer hat überlebt, lag aber ewig lang im Krankenhaus und ist heute querschnittsgelähmt. Es handelt sich um den damals siebzehnjährigen Daniel Schmidt-Sanchez. Und jetzt wird es interessant: Er lag ein Dreivierteljahr lang im Südklinikum, und der behandelnde Arzt war sein Vater!«

**

Es hat aufgehört zu schneien, doch die ergiebigen Schneefälle der letzten Stunden haben Nürnberg in eine echte Vorweihnachtsstadt verwandelt. Neben der Eingangspforte des Klinikums erstrahlt ein Christbaum, im Empfangsbereich ist eine Krippe aufgebaut, Ochs und Esel schauen neugierig auf das Kind im Heu, und die drei Weisen aus dem Morgenland lächeln ihm zu.

»Na, wenigstens hier gibt es sie noch, die Werte des christlichen Abendlandes«, bemerkt die Lintl bitter, als sie mit Siemers an der Holzgruppe vorbeigeht. Sie werden sie keine zwei Minuten später gleich wieder passieren, denn Dr. Schmidt steht zwar offiziell noch im Dienstplan, ist aber seit zwei Tagen nicht mehr erschienen.

»Na, bravo«, sagt Siemers, »dann also gleich wieder rein ins vorweihnachtliche Verkehrschaos.«

Kurz bevor sie das schmucke Häuschen in Fischbach erreichen, klingelt Siemers' Handy. Bilal Albasri war wieder aufgetaucht – in denkbar schlechter psychischer Verfassung. Er hatte sich bei Verwandten in München versteckt. Offenbar war die Angst vor seinen Peinigern noch größer als die um seinen Aufenthaltsstatus und sein Verantwortungsgefühl für die Familie – was Bände spricht. Er wurde umgehend in die psychiatrische Notfallaufnahme gebracht.

***

Das Namensschild an der Tür des Arztes besteht aus bunten andalusischen Kacheln. Sie klingeln und, nur wenige Sekunden später wird die Tür geöffnet.

»Ich habe Sie früher erwartet. Kommen Sie rein.«

Sie folgen dem muskulösen, blonden Arzt durch den Hausflur. Schmidt hält ein Rotweinglas in seiner Hand. Er macht einen mehr als aufgeräumten Eindruck.

»Mögen Sie auch einen? Es ist ein sehr guter Tempranillo, stammt aus derselben Region wie meine Frau.« Ohne eine Antwort abzuwarten, holt der Arzt zwei Gläser aus dem Schrank, schenkt ein und stellt sie auf die hohe Marmorbar der großen Wohnküche.

»Früher haben wir hier oft zu dritt gefrühstückt, aber seitdem Daniel im Rollstuhl sitzt, geht das nicht mehr.«

Eva Lintl hat die bizarre Situation als Erste verdaut. Von einem dringend Tatverdächtigen auf diese Weise empfangen zu werden, ist mehr als ungewöhnlich.

»Woher wussten Sie, dass Kevin Göllner an dem Überfall auf Ihren Sohn beteiligt war?«, fragt sie, wie um der surrealen Situation etwas Handfestes entgegenzusetzen.

»Ja, die Täter waren lange unbekannt, der eine ist es immer noch.« Schmidt dreht das Glas selbstvergessen in der Rechten, als könnte er in der rubinroten Flüssigkeit lesen, als würde er durch den Wein hindurch in eine andere zeitliche Dimension tauchen. »Ich hätte Kevin eine kleinere Dosis spritzen sollen, dann wäre es nicht so schnell gegangen. Aber leider wollte er im Wagen nicht sprechen, und später auf dem Acker konnte er es nicht mehr. Ich kenne mich mit Gift nicht gut genug aus, ist nicht mein Fachgebiet.« Schmidt macht ein bedauerndes Gesicht.

Siemers zieht die Luft geräuschvoll durch die Zähne. Er kennt sich aus mit Lügnern, mit Gewalttätigen, mit verzweifelten, reuevollen Tätern. Die Art und Weise, wie Schmidt reagiert, überfordert ihn indes vollkommen. Er hat das Gefühl, von diesem Mann in einen zähen Nebel, in einen unbestimmten Rausch gezogen zu werden. Siemers will, nein, er braucht Klarheit.

»Woher wussten Sie überhaupt von Kevin? Die Täter waren maskiert.«

»Nein, nur ein Täter war maskiert. Der, der zugeschlagen hat.«

»Sie konnten trotzdem nicht wissen, dass der andere Kevin Göllner heißt. Also, wie haben Sie die Verbindung hergestellt? Woher wussten Sie, dass Kevin dabei war?«

Dr. Schmidt schaut den Kommissar an, als wäre dieser ein trotziges, leicht begriffsstutziges Kind.

»Von seiner Mutter. Ich hatte Frühdienst, sie hat geputzt. Ich hab sie weinend am Bett von Kadhum Albasri gefunden, ein anderes Opfer dieser Bestien. Sie stand regelrecht unter Schock und brauchte jemanden zum Reden. Sie hatte auf dem PC ihres Sohnes offenbar ein Video gesehen, in dem ein an den Füßen aufgehängter Junge brutalst geschlagen wird. Genauso war es bei Daniel.«

»Und wie konnten Sie sicher sein, dass Kevin Göllner ein Mittäter war? Er hätte sich das Video einfach nur anschauen können.«

»Eine gute Frage. Ich war zunächst auch nicht sicher. Es war nur ein Verdacht. Ich bin zur Umkleide der Reinigungskräfte und hab in der Handtasche von Frau Göllner nach einem Foto ihres Sohnes gesucht – Mütter haben immer Fotos ihrer Kinder im Portemonnaie, Frau Göllner auch. Ich hab es abfotografiert und meinem Sohn aufs Handy geschickt. Er hat ihn erkannt.«

»Wo ist Ihr Sohn jetzt?«

»Mit seiner Mutter bei meinen Schwiegereltern in Spanien. Ich wollte den beiden das alles hier ersparen, sie haben es schwer genug. Schauen Sie mal.«

Auf dem Bild an der Wand sieht man einen braungebrannten, durchtrainierten Jungen neben einer bildschönen Südländerin am Meer. Stolz präsentieren sie ihre Surfboards.

»Das war vor zweieinhalb Jahren – meine Frau und Daniel am Strand von Cádiz. Sie hat ihn immer El Gitano genannt, weil er mit seinen langen Haaren so aussieht wie ein andalusischer Zigeuner, ein echter Flamenco. Und wissen Sie, was diese Schweine zu ihm gesagt haben?«

Eva Lintl und Siemers schütteln synchron den Kopf.

»Schwuler Kanak.«

***

Es ist siebzehn Uhr und draußen schon längst wieder stockdunkel. Sichtlich mitgenommen sitzen Lintl und Siemers in einem Besprechungszimmer des K1. Dr. Faller hat sich vor einer halben Stunde dazugesellt, Staatsanwalt Matuschek ist schon wieder weg. Schmidt hat gestanden, damit ist der Fall für ihn abgeschlossen, für die drei anderen nicht. Vor allem Faller brennt eine Frage auf der Seele.

»Okay, das Gift stammte also aus der Klinik. Die gewinnen dort Seren, unter anderem aus Schlangengift, ist bekannt. Aber wie hat er es Göllner injiziert, ich habe jeden Millimeter seiner Haut unter die Lupe genommen? Und wie hat er ihn dazu gebracht, sich nackt in den Schnee zu legen?«

»Freiwillig hat Göllner sich nicht hingelegt. Schmidt hatte ihn vor dem Wohnhaus der Göllners in Schweinau abgepasst und leicht sediert, damit er ihn in seinen Wagen ziehen konnte. Dort hat er ihn gefesselt und ist so lange mit ihm über die Autobahn gefahren, bis es spät genug war, um unbemerkt in den Westpark bei Gaismannshof zu fahren. Dort hat er ihn noch einmal betäubt, dieses Mal stärker, hat ihn dann aufs Feld geschleift und entkleidet. Er konnte sich sicher sein, dass man keine Spuren finden würde, weil es an diesem Tag geschneit hat. Wahrscheinlich war ihm das aber auch egal.«

»Schon gut«, Faller wippt ungeduldig auf seinem Stuhl, »wie hat er das Gift injiziert?«

»Du hattest die Stelle eigentlich schon gefunden«, grinst Siemers und wirft seiner Kollegin einen verschwörerischen Blick zu, »willst du es ihm sagen?«

»Es war die Schwarze Sonne, die Tätowierung war allerdings nicht frisch, wie du vermutet hast. Schmidt hat sie mit der Injektionsnadel nur an einigen Stellen noch einmal nachgestochen. Passt ja auch: Gift zu Gift.«

»Das ist das passende Stichwort«, stöhnt Siemers, und Faller weiß, was ihm gerade durch den Kopf geht: »Der zweite Mann, hm? Du wirst in nächster Zeit wieder ziemlich viel mit stiernackigen Arschlöchern zu tun haben!«

Roland Spranger
Ich, der Weihnachtshasser

Weihnachten greift dich dann an, wenn du am wenigsten damit rechnest.

Bei mir ist es Ende August so weit gewesen. Ich habe mich dagegen gewehrt, so gut ich konnte, aber na ja …

Weihnachten gewinnt immer.

Doch von Beginn an:

An einem richtig heißen oberfränkischen Sommertag war ich zu einer ausgiebigen Radtour aufgebrochen. Weiß schon: »Oberfränkischer Sommertag« klingt paradox, kommt aber alle paar Jahre mal vor. Vor der sportlichen Betätigung im Freien schön eingecremt, um nicht hinterher so auszuschauen wie die Engländer, die sich mir während meines Urlaubs am Swimmingpool entgegengeschleppt hatten. Zombiesk in verkrustete Hautlappen gehüllt. Immer bereit, die Haut vom Restkörper zu verabschieden, um sie dann später zusammengefaltet im Handgepäck mitzunehmen. Also ich immer schön mit dem Rad durch die oberfränkische Mittelgebirgslandschaft. Bergauf, bergab, bergauf, bergab. Gefühlt immer mehr bergauf als bergab. Verschwitzt legte ich eine Pause am FKK-Badestrand ein. Okay, Strand ist übertrieben: Sagen wir FKK-Zone. Ich rein ins Wasser. Schön kalt. Im ersten Moment wie Rasierwasser auf der ganzen Haut. Danach raus aus dem Wasser und mit geschlossenen Augen im Gras liegend sonnentrocknen lassen. Mit geschlossenen Augen im Gras liegend offenbaren sich die Nachteile der FKK-Zone. Es gibt einen Typen, der unglaublich laut spricht – und wenn ich laut sage, meine ich laut laut. Der hat zu allem eine Meinung. Zu wirklich allem. Jugendkriminalität. Kein Problem – Jugendliche raus. Langeweile. Kein Problem – Schafkopfkarten raus. Konflikt im Nahen Osten. Kein Problem – Palästinenser raus. Juden raus. Alle raus und Hauptsache nicht bei uns rein. Man kann gar nicht genug Sonnencreme in die Ohren schmieren, um sich vor der lauten Stimme des FKK-Alleinunterhalters in Sicherheit zu bringen. Selbst sehr zähflüssige Sonnencreme mit Schutzfaktor 50 hilft nicht. Schwachsinn kommt halt doch überall durch. Da kannst du nix machen.

Gerade als ich mich mit einem dezent meditativen Schlummerzustand angefreundet hatte, ertönte der Hallo-Wach-Ruf:

»Ho Ho Ho! Weihnachtsstollen!«

Vorsichtig öffnete ich die Augenlider. Halb. Bloß nicht zu viel Aufmerksamkeit vortäuschen.

»Jemand Weihnachtsstollen?«

Schon war der Typ zwischen den nackten Leibern unterwegs und verteilte Weihnachtsstollen. Ein schneller Blick, um abzuschätzen, wie weit mein Fahrrad entfernt stand und die anderen Fluchtwege zu sondieren. Um über den Wasserweg zu entkommen, schwimme ich nicht gut genug. Unnachgiebig wurde der Stollen verteilt. Als der lebende Lautsprecher bei mir ankam, hielt er mir ein Stück Weihnachtsstollen direkt vor die Nase. Viel Fett und noch mehr Rosinen und Orangeat. Dahinter baumelte sein Penis. Es gibt Dinge, die will man sich nicht zu Essen vorstellen.

»Danke, nein.«

Der FKK-König schaute mich vorwurfsvoll an.

»Willst du wirklich Außenseiter sein?«

Vorsichtig schaute ich mich um. Lauter nackte Leute, die Weihnachtsstollen kauend in meine Richtung glotzten.

»Für mich ist das voll okay«, erklärte ich. »Außenseiter und so.«

Der braungebrannte Typ schaute mich verständnislos an.

»Eine frühkindliche Störung«, sagte ich entschuldigend. »Ich mag einfach keinen Stollen. Er liegt mir wie Beton im Magen und hinterher bekomme ich davon Pickel.«

Die Theo-Waigel-Augenbrauen des FKK-Lautsprechers zogen sich bedrohlich zusammen.

»Bist du etwa einer von diesen Anti-Weihnachtsbolschewiken?«

Ich zuckte hilflos mit den Schultern. Wenn du nackig bist, schaut es besonders hilflos aus, wenn du mit den Schultern zuckst. Vor allem, wenn ein Zweieinhalb-Zentner-Mann über dir steht. Scheiße, dachte ich, hoffentlich lässt sich der Typ nicht auf dich fallen.

»Ich hab wirklich keine vorweihnachtlichen Hungergefühle. Außerdem wollte ich gerade gehen.«

»Iss!«

Die Rosinen waren jetzt sehr nah vor meinen Augen. Tastend suchte ich meine Unterhose.

»Iss!«, brüllte der Weihnachtsstollenfanatiker und startete sofort den Versuch, das Backwerk in meinen Mund zu pressen. Das Orangeat blieb in meinen Brusthaaren hängen, während die Rosinen auf mein Gemächt herunterpurzelten. Natürlich wehrte ich mich. Aber so eine Auseinandersetzung zwischen nackten, eingecremten Männerkörpern ist kein Kindergeburtstag. Man kriegt den anderen nirgendwo zu fassen. Jedenfalls nicht an gesellschaftlich anerkannten Stellen. Natürlich haben die bei den Olympischen Spielen der Antike auch nackt gekämpft – aber im klassisch griechisch-römischen Stil wird ja der ganze Unterkörper ausgeblendet. Wenn du dich mit einem wütenden Kerl aus einer anderen Gewichtsklasse über den Rasen wälzt, verschwimmen solche Feinheiten. Ich konnte den perfekten Griff setzen. Die Körperstelle kannte mein Gegner bis dahin gar nicht ... Darüber will ich lieber nicht reden.

Aufspringen und rennen. Ich erreichte das Fahrrad vor der sonnengebräunten Zombiehorde, die hinter mir her war. Ohne Unterhose nahm ich natürlich nicht den Weg über den Kinderspielplatz. Ich weiß ja, was sich gehört. Auf dem Radweg am Fluss verursachte ich Auffahrunfälle innerhalb einer geführten Ausflugsgruppe, die mit Segway-Ein-Personen-Transportern unterwegs war. Der Nachbarhund, der sonst immer kläfft, wenn ich vorbeifahre, glotzte nur blöd. Da begriff ich das erste Mal, dass ich mich erfolgreich gegen Weihnachten gewehrt hatte. Die erste Attacke war zurückgeschlagen. Trotzdem wusste ich: Eine gewonnene Schlacht entscheidet noch nicht den Krieg.

Einen Tag danach drückte ich in meinem Nahversorgungszentrum einer Verkäuferin meinen deutlichen Missmut gegenüber dem aufgebauten Weihnachtssortiment aus und schilderte die Vorkommnisse des vorangegangenen Tages. Sie versicherte mir, dass sie ein Gütesiegel hätten, weil sie einen besonders humanistischen Verkaufsansatz verfolgten. Aus diesem Grund würden die Gitterboxen auch erst Ende August mit Lebkuchen, Stollen, Weihnachtsplätzchen befüllt, obwohl die Lieferung bereits seit Anfang August im Lager vergammelt.

Die Verkäuferin lächelte mich nett und blond an. Wie ein Weihnachtsengel. Wahrscheinlich keine Absicht. Schnell verziehen. Ich plante alternative Vorgehensweisen. Und je näher Weihnachten kam, desto entschlossener wurde ich. Ich habe mir flüssiges Abführmittel besorgt und es in den letzten Monaten mit einer Spritze in Glühwein, Dominosteine und Lebkuchen injiziert. Jedes Mal beim Verlassen des Supermarkts ein freundlicher Gruß für die weihnachtsengelblonde Kassiererin. Sie muss nicht wissen, dass ich einen Guerillakrieg gegen Weihnachten führe. Das würde sie nur in einen Gewissenskonflikt bringen.

Mein bevorzugtes Angriffsziel ist das Lebkuchenbier. Angeblich lecker, goldgelb und vollmundig. In seinen Produktinformationen teilt der Hersteller mit, dass das Getränk sehr gut zu deftigem Braten, Bratwürsten, Brotzeiten und natürlich besonders zu Lebkuchen und frisch gebackenen Plätzchen passt. Meiner Meinung nach ist Lebkuchenbier eine unbeschreibliche Geschmacksverirrung, die den perfiden vorweihnachtlichen Planspielen eines psychopathischen Design Engineers entsprungen ist. Der Schnappverschluss ist allerdings hervorragend, weil er es mir ermöglicht, das Bier ohne großen Aufwand zu öffnen, das Abführmittel einzufüllen und anschließend wieder zu verschließen.

Jetzt kurz vor Weihnachten habe ich viel zu tun und einen wahnsinnig hohen Adrenalinspiegel bis unter die rote Zipfelmütze. Bei meinen Aktionen verkleide ich mich als Weihnachtsmann. Rot und weiß. In diesen Farben hat Coca-Cola das Bild des Weihnachtsmannes weltweit verbreitet. Und ihn zum Star gemacht. Überall rote-weiße Weihnachtsmänner mit Rauschebart. Im Fernsehen. An der Plakatwand. Auf dem Weihnachtsmarkt. Im Einkaufszentrum. Im Porno. Im Horrorfilm. Im Seniorenheim. Im Weihnachtstruck. Überall Weihnachtsmänner. Das Kostüm ist die perfekte Verkleidung im Advent. Oder kurz davor. In meiner Stadt wurde die Eröffnung des Weihnachtsmarktes weit in den November vorverlegt, um länger Geschäfte machen zu können und zu nerven. Überall Weihnachtsmänner. Das Kostüm ist mein Superheldenoutfit. Mein fünfteiliger Premium-Weihnachtsmannanzug besteht aus widerstandsfähigem Polyester. Kräftig rote Samtoptik mit weißem Webpelzbesatz. Per Handwäsche lässt sich das Set sehr einfach pflegen und bietet so auch in der kommenden Saison wieder die perfekte Verkleidung. Die Jacke ist mit einem Reißverschluss versehen und nicht zu lang, damit ich problemlos über Zäune klettern kann. Die Hose hat einen Gummizug am Bund für einen bequemen Sitz. Dazu weiße Handschuhe, mit denen ich keine Fingerabdrücke hinterlasse. Aufklebbare weiße Augenbrauen. Und natürlich der obligatorische weiße Rauschebart. Es macht mir Spaß, mich zu verkleiden. Zuletzt die Stiefel mit Stahlkappen. Für den Fall der Fälle. Falls man mal beherzt gegen einen Kopf treten muss. Weihnachten ist ja eigentlich das Fest des Friedens, aber man muss auch bereit sein. Halleluja. Mit meinem Kostüm fühle ich mich unbesiegbar. Es ist mein Superheldendress. Ohne Cape. Superhelden mit Cape geben einen Vorteil für Optik auf. Deshalb lasse ich auch den Sack zu Hause, in dem für gewöhnlich die Geschenke für die braven Kinder sind. Playstation. Barbie. Smartphone. Zuckerstangen. Star-Wars-Merchandise. Kuscheltiere. Der ganze Scheiß. Stattdessen habe ich in meinen Jackentaschen ein Pfefferspray und einen Elektroschocker. Darin kann ich notfalls auch meine goldene Glocke verstauen. Wenn ich ab und zu damit klingle, wirke ich besonders echt. Kling klang. Alle freuen sich, wenn ich sie über meinem Kopf schwinge, obwohl es Tinnitus verursacht. Keiner will sich an den Weihnachtsstress erinnern, obwohl er allgegenwärtig ist. Mit der goldenen Glocke kann man auch sehr gut einen Nahkampf beenden.

Wenn ich das Weihnachtsmannkostüm angezogen habe, geht es los: Über den Gartenzaun hinein in besonders hell erleuchtete Vorgärten. Zu bunten LED-Lichtern in Büschen. Zu den als Rentier geformten Lichtschläuchen. Schnelle Sabotageaktionen. Ein Garten nach dem nächsten wird dunkel. Es wird Strom gespart. Das Klima geschützt. Die Nachbarn können ohne Lichtverschmutzung wieder besser schlafen.

Ich bin eine Ein-Mann-Guerilla-Armee.

Last Christmas ist der schlimmste Feind. Wie eine Zombiehorde greift dich das Lied von überall an. Beißt sich von allen Seiten rein. *Last Christmas I gave you my heart but the very next day you gave it away ...*

Du bist von dem Scheißsong umzingelt.

Last Christmas I gave you my heart ...

Er frisst sich wie ein fieser Parasit durch dein Hirn.

But the very next day you gave it away ...

Neulich habe ich in einem Jähzornanfall mein Radio auf dem gefliesten Küchenboden zerschmettert. Nur wirklich bösartige Menschen äußern in einer Radiosendung zwei Wochen vor Weihnachten als Hörerwunsch ausgerechnet *Last Christmas*. Ist doch so. Ich habe

Verständnis für mich. Einer muss sich doch wehren. Deshalb fahre ich zu allen Weihnachtsmärkten der Region und mache die Lautsprecher unbrauchbar, die überall an die Buden und Laternenmasten montiert sind. Ein Weihnachtsmann auf einer Leiter fällt überhaupt nicht auf. Wie er Stromkabel durchtrennt. Lautsprechermembranen mit einem Schraubendreher zerhackt. Eine Lautsprecherbox fallen lässt. Uuups. Ein fröhliches »Ho Ho Ho!«, und alle Passanten lachen.

Anfang Advent habe ich damit begonnen, andere Weihnachtsmänner auszuschalten. Du gehst nah ran an den Kollegen, dann ein kurzer Stromstoß mit dem Elektroschocker und gut. Das Pfefferspray habe ich bisher nicht gebraucht. Dann fessle ich den Weihnachtsmann mit Kabelbindern, verstaue ihn in meinem Kofferraum und fahre ihn zu mir nach Hause. In meinem Keller habe ich jetzt eine kleine Weihnachtsmannsammlung. Bisher sechs Stück. Sie sollen es gut haben, deshalb habe ich einen Weihnachtsbaum mit blauen Kugeln und Lametta aufgestellt. Lametta benutzt ja eigentlich niemand mehr, aber ich schon. Meine Gefangenen bekommen Lebkuchenbier und Oblatenlebkuchen mit Schokoladenglasur. Und ich beschalle sie mit Weihnachtsliedern. Immer zehnmal *Last Christmas* und dann *Rudolph, the Red-Nosed Reindeer*, bevor wieder zehnmal *Last Christmas* erklingt.

Ging bisher alles ganz einfach. Am Nikolaustag wurde es das erste Mal schwierig. Emotional.

Nachdem ich einen Kollegen ein paar Minuten verfolgt hatte, drehte er sich um. Wir standen uns etwa zwei Meter gegenüber. Quasi Bart an Bart. Zwei Typen in rotweißen Kostümen.

»Uhlandstraße 13?«, fragte er.

Ich schüttelte den Kopf, hob gütig die Hände und klingelte mit der Glocke. Wie es sich für einen Weihnachtsmann gehört.

»Nein. Ich komm vom Nordpol«, antwortete ich.

»Na klar, ich auch. Aber bist du auf dem Weg in die Uhlandstraße 13?«

»Nein.«

»Super. Ich habe mal erlebt, wie ein zweiter Weihnachtsmann in einem Haushalt ankam, zu dem ich bestellt war. Die Kinder sind vermutlich immer noch verstört.«

»Das möchte ich auf jeden Fall vermeiden. Ich bin auch mal traumatisiert worden am Nikolaustag. Als Kind. Als Opfer.«

»Wie alle. Was ist dir passiert?«

»Damals gab es noch keinen Weihnachtsmann, sondern Nikolaus und Knecht Ruprecht. Nikolaus in Gold gewandet mit seinem Bischofsstab. Und Knecht Ruprecht in dunkler Kutte mit Sack und Rute. Das Gesicht geschwärzt wie bei einem Krieger.«

»An die Zeit kann ich mich auch noch erinnern. Ich hatte Angst vor Knecht Ruprecht.«

»Seine Aufgabe war es ja auch, Angst zu verbreiten.«

»Damals gab es auch noch die *ZDF-Hitparade* und *Fix & Foxi*. Wir sind in der gleichen Zeit aufgewachsen. Sind anscheinend beide alte Säcke, die es zu nichts gebracht haben, und jetzt in so einer erniedrigenden Verkleidung durch die Gegend laufen müssen.«

»So läuft's halt, wenn man Geisteswissenschaften studiert.«

Der Kollege lachte.

»Und wie ging es weiter? Als Opfer. Das Trauma und so?«, fragte er.

»Knecht Ruprecht kam rein. Meine ganze Familie saß da. Versammelt in der guten Stube. Sie haben den Irren in der dunklen Kutte einfach machen lassen.«

»War der allein? Ohne Nikolaus?«

»Den haben sich meine Eltern gespart. Stattdessen hat Knecht Ruprecht aus dem Goldenen Buch meine Sünden vorgelesen.«

»Leck mich am Arsch. Das konnte ja nicht gut gehen.«

»Ich habe bis zu diesem Zeitpunkt nicht gewusst, dass ich für meine Sünden bestraft werde.«

»Was ist passiert?«

»Für meine guten Taten hat er mir ein Geschenk gegeben. Eine Wundertüte.«

»Was war drin?«

»Ich kam erst mal nicht dazu, sie aufzumachen, weil es gleich mit den Sünden weiterging. Und mit der Strafe und so. Ich schäme mich noch heute dafür.«

»Mir kannst du es erzählen. Ich bin vom Fach.«

»Erst ein paar Schläge mit der Rute. Dann hat er mich in den Sack gesteckt. Ich habe geschrien wie verrückt. Geweint. Aber ich konnte gar nichts machen. So große Hände. Und dann den Sack über mir zu, und du wirst über die Schulter geworfen. Du hörst, wie Leute lachen. Also deine Familie, die zuschaut. Die alles gesehen hat. Dann ist das Licht weg, und Dunkelheit und Kälte bleiben. Du bist draußen und glaubst, dass du nie wieder zurückkehrst. Du bist allein. Du wirst auf dem Boden abgestellt. In den Schnee. Knecht Ruprecht öffnet den Sack und verpasst dir ein paar Schläge mit der Rute. Du siehst seinen Atem als Wolke in der Luft. Dann lässt er dich frei und du läufst zurück in ein Haus, in dem du nicht mehr sicher bist. Alle haben gelacht. Warum schämt man sich, wenn man bestraft wurde?«

»Du meinst erniedrigt?«

»Ja, erniedrigt.«

»Und was war in der Wundertüte?«

»Eine Old-Shatterhand-Figur.«

»Immerhin. Trotzdem eine Scheißstory. Ich bin froh, dass unser Berufsbild nicht mehr beinhaltet, Kinder schlagen zu müssen.«

»Ich auch. Wir sind auf einer Wellenlänge. Deshalb fällt es mir auch wirklich schwer.«

»Was fällt dir schwer?«

Elektroschocker an den Hals und abdrücken. Der Kollege schaute noch einen Moment erstaunt, dann kippte er einfach um.

Meistens verhalten sich die Weihnachtsmänner im Keller ruhig. Manchmal versuchen sie zu rebellieren. Werden unruhig. Dann ziehe ich das Weihnachtsmannkostüm über, stelle mich an die Kellertreppe, starte die Kettensäge und rufe laut:

»Ho Ho Ho!«

Sigrun Arenz
Das Geschenk

Das Paket leuchtete in seiner roten Verpackung, leuchtete rot wie die Kugeln, die seine Mutter jedes Jahr an den Weihnachtsbaum hängte, rot wie Ketchup. Als er den Schrank öffnete, einen alten Holzschrank, dessen Tür ein bisschen knarrte, leuchtete ihm das Rot entgegen, die einzige intensive Farbe im Dunkeln hinter der Tür. Er konnte seine Augen nicht abwenden von dem großen, roten Päckchen in der hintersten Ecke. Sonst waren in dem Fach nur Hemden und T-Shirts, in denen ein Rest von dem Geruch seines Vaters hing – etwas Rauchiges und Würziges, er wusste nicht, was es war, aber es gehörte zu seinem Vater wie die Brille und die starken Arme und die gekräuselten Haare auf seiner Brust. »Das Bärenfell«, sagte seine Mutter dazu. Manchmal lachte sie dabei und kraulte die dunklen Haare, aber manchmal erklärte sie, irgendwann würde sie es ihm im Schlaf abrasieren.

Das Paket hatte genau die richtige Größe, dachte er aufgeregt. Genau die richtige Größe! Er wusste, dass sein Geschenk drin war. Er hatte sich in seinem ganzen Leben noch nie etwas so sehr gewünscht. Aber er durfte es noch nicht aufmachen. Heute hatte er erst das zweite Türchen am Adventskalender geöffnet, bis Weihnachten war es noch lang. Viel zu lang. Er starrte das Rot sehnsüchtig an, streckte die Hand aus, nur um das glänzende Papier zu berühren ...

»Ich glaub, du spinnst komplett!« Hannes erstarrte, dann zog er die Finger so schnell zurück wie damals, als er sie sich an der heißen Herdplatte verbrannt hatte, und kauerte vor der offenen Schranktür, zu erschrocken, um sich zu regen.

»Ich!? Ich!?« Fast hätte er die Stimme seiner Mutter nicht erkannt, so hoch und schrill klang sie. »Das ist doch alles deine Schuld!« Ein Klirren begleitete ihre Worte; es klang hässlich, wie ein böses Wort oder wie ein Schlag. Nicht so wie neulich, als ihm die Müslischüssel aus der Hand gerutscht und mit einem hellen Geräusch zerbrochen war, sondern so, als ob sie einen Teller genommen und mit Wucht auf den Boden geschleudert hätte. Aber das konnte nicht sein; seine Mutter machte das nicht. Er wusste jetzt, dass die Stimme nicht ihn angeschrien hatte, dass sie von unten aus der Küche gekommen war, aber das machte es nicht besser, denn jetzt hörte er seinen Vater wieder, und der schrie auch. Schrie etwas, das genauso böse und hässlich klang. Hannes saß erstarrt vor der offenen Schranktür, und jetzt sah er nicht mehr das rote Leuchten der Verpackung; jetzt sah er nur noch die Dunkelheit.

»Du Scheißkerl!«, kreischte seine Mutter unten gerade, und dann schlug eine Tür ins Schloss. Hannes zitterte, ein Zittern, das man von außen nicht sehen konnte. In ihm drin zitterte es, denn es war etwas passiert, das nie wieder gut werden konnte: Sein Vater und seine Mutter hatten sich angeschrien. Sie waren böse. Sie waren hässlich zueinander. Er schlich sich aus dem Schlafzimmer hinaus und dann, als er sicher war, dass ihn niemand sehen konnte, durch die Küchentür in den Garten und auf die Straße und zu den Nachbarskindern, mit denen er immer spielte. Eine halbe Stunde später rief ihn seine Mutter zum Essen. Sie glaubte, dass er die ganze Zeit bei Meyers gewesen war. Im Abfall fand er die Scherben eines großen Porzellantellers, und er wusste, dass alles zerbrochen war, auch wenn sie so taten, als ob nichts geschehen wäre.

Das Rot des Geschenkpapiers wirkte jetzt düsterer, als hätte sich etwas von der Dunkelheit im Schrank darauf abgelegt, aber es leuchtete noch immer, und Hannes kniete vor der Tür und konnte den Blick nicht losreißen. Fast jeden Tag ging er nun hinauf zu seinem Geschenk, wenn seine Eltern nicht im Haus waren. Nicht mehr, weil er es nicht abwarten konnte – es kam ihm beinahe seltsam vor, wie verzweifelt er sich das Geschenk zuvor gewünscht hatte –, sondern weil es ihn zu sich rief mit seinem düsteren roten Glanz. Das rote Paket und er, sie teilten sich ein Geheimnis, sie wussten Bescheid.

Hannes streckte die Hand nach dem Papier aus, fast, als erwarte er, dass seine Eltern in diesem Moment wieder losschreien würden, aber sie waren ja gar nicht im Haus. Und sie schrien auch nicht mehr, jedenfalls nicht, wenn er in Hörweite war. Aber sie konnten ihn nicht mehr täuschen. Jetzt, wo er es wusste, wunderte er sich, wie er diese Dinge früher hatte übersehen können: die Art, wie sein Vater manchmal zu ihr sprach, wenn er glaubte, dass Hannes es nicht mitbekam – leise und bedrohlich. Und die Blicke, die seine Mutter ihm manchmal zuwarf. Vor dem Tag, an dem sie den Teller zerbrochen hatte, hatten sie nichts bedeutet, aber jetzt sah er, dass es Scherben waren – und sie wollte, dass jemand hineintrat.

Er hatte das fünfzehnte Türchen geöffnet, da kam abends seine Tante zum ›Babysitten‹. Sie nannten es immer noch so, obwohl er längst kein Baby mehr war und in seiner Klasse einer der Größten. Clara war Studentin und breitete langweilige Bücher auf dem Sofatisch aus, nachdem sie gemeinsam gegessen hatten.

»Danke, dass du die Zeit gefunden hast«, sagte seine Mutter noch, bevor sie wegging. Sein Vater war bereits fort, er wollte ein paar alte Kumpels auf dem Nürnberger Christkindlesmarkt treffen. Er hatte dicke Schuhe angezogen und eine Wollmütze aufgesetzt. Seine Mutter trug rote Schuhe mit hohen, dünnen Absätzen, auf denen sie nur ganz vorsichtig gehen konnte. Ihre Farbe erinnerte ihn an das Geschenk im Schrank. Auch ihre Lippen waren rot, und ihre Augen wirkten riesig und sehr blau. »Gut siehst du aus, Andrea«, meinte Clara bewundernd.

»Sieh zu, dass Hannes nicht zu lange aufbleibt. Martin hat versprochen, dass er bis zwölf wieder da ist.« Sie rollte die Augen, als sie glaubte, dass Hannes es nicht sah, und fügte hinzu: »Ich hoffe bloß, er vergisst es nicht, das wäre so typisch. Ich habe nicht die Absicht, vor vier heimzukommen ...« Sie senkte die Stimme: »Wenn ich schon mal die Gelegenheit habe, mit anderen Männern rumzuknutschen. Martin taugt ja momentan in der Hinsicht zu gar nichts.«

Und dann lachten sie beide, lachten, und es klang wie Scherben, die gegeneinanderreiben. Hannes ließ Clara mit ihren Büchern alleine und stieg die Treppe hoch, öffnete leise die Tür zum Schlafzimmer der Eltern, öffnete leise die Tür zum Schrank, in dessen hinterer Ecke ihm das Geschenk entgegenleuchtete, so rot wie die Schuhe an den Füßen seiner Mutter. Er streckte die Hände danach aus, beide Hände, berührte das glatte, glänzende Papier. Nichts geschah, kein Schrei ertönte, auch kein

Klirren von zerbrechendem Geschirr, nur irgendwo weit hinten in seinem Kopf schien es ihm, als höre er das Lachen seiner Mutter und seiner Tante. Ohne nachzudenken hob er das Paket auf und stellte es vor sich auf den Boden. Es war schwerer, als er erwartet hatte. Das Geschenkpapier hatte die rote Farbe von Ketchup und Feuerwehrautos. Die Seiten waren mit Tesafilm zugeklebt. Er zog probehalber an einem Streifen. Der löste sich ganz einfach, ohne das Papier zu zerreißen. Eine rote Ecke stand plötzlich hoch, wo eben noch nichts gewesen war. Hannes schlich zur Zimmertür, öffnete sie einen Spalt und horchte, und als er nichts hören konnte, hockte er sich wieder vor das Geschenk und zog vorsichtig Tesafilmstreifen um Streifen ab, um das Papier nicht zu beschädigen. Eine Schachtel kam zum Vorschein, aber sie war nicht bunt, wie er erwartet hatte. Sie war auch nicht aus Pappe, sondern aus einem dunklen, glatten Holz. Vielleicht war sie deshalb so schwer. Er strich mit dem Finger darüber, bevor er den Verschluss öffnete.

Und dann wusste er, dass das Geschenk nicht für ihn gedacht war. Wusste es, obwohl es in seine Einzelteile zerlegt war, gebettet in Vertiefungen im Schaumstoff: direkt vor ihm der Lauf, mattschwarz und kühl und länger, als er es aus dem Fernsehen gewohnt war. Dahinter, aus schwarzem Metall und glänzendem, glattem Holz, schlank, elegant und gefährlich wie ein Raubtier, der Rest der Waffe. Der Abzug war gerundet wie ein Komma zwischen zwei Wörtern, die nicht zusammengehören. Im Zimmer war es ganz still, im Haus war es still, nur weit hinten in seinem Kopf hörte er ein Lachen, wild und verächtlich, und dann einen Knall, einen Schuss, und das Lachen zersprang zu Scherben.

Drei Tage lang öffnete er jeden Morgen ein Türchen seines Adventskalenders und aß das Stück Schokolade darin, ohne es zu schmecken.

Er beobachtete sie, aber sie bemerkten es nicht. Sie merkten auch nicht, dass er auf Scherben stieg, wenn er ein Zimmer betrat, und dass seine Füße deshalb blutige Schnittwunden hatten. Er sah ihr Rot vor sich, wann immer er die Augen schloss, doch seine Eltern lächelten ihn an und fragten: »Wie viele Tage noch?« und »Freust du dich schon?«

Noch acht Tage, dachte er, noch sieben Tage, noch sechs Tage ... und dann? Als es noch fünf Tage waren, hielt er es nicht mehr aus und stieg die Treppe zum Schlafzimmer hinauf, als seine Mutter beim Einkaufen und sein Vater weggefahren war, und öffnete vorsichtig die Schranktür. Es war dunkel in dem Fach hinter den T-Shirts und Hemden. Das Paket war fort. Ihm entfuhr ein Schnaufen, halb Erleichterung, halb Schrecken. Er schloss die Augen, und da sah er es wieder: das Rot. Das Paket war fort, aber das Rot war noch immer da.

Am nächsten Tag, als er aus der Schule zurückkam, fand er seine Mutter in der Küche auf den Knien vor. »Vorsicht, komm nicht rein«, warnte sie ihn, eine Kehrschaufel in der Hand. »Mir ist eine Tasse runtergefallen, ich will nicht, dass du dich schneidest.«

Er wich zurück, weg von den Scherben. »Wo ist Papa?«, fragte er mühsam. Sie sah ihn mit einem seltsamen Blick an. »Nicht hier«, antwortete sie.

»Freust du dich schon?«, fragte sein Vater, als nur noch zwei Türchen geschlossen waren, und nahm ihn mit in die festlich geschmückte Stadt. Überall war Musik zu hören, und die Schaufenster waren überladen mit Geschenken, falschem Schnee und Lichterketten. Sie standen vor dem Playmobilladen und blickten zum Schaufenster hinein. Hannes sah das Ritterschloss, das er sich immer gewünscht hatte. Die Figuren wirkten plötzlich viel kleiner als früher. »Das ist es, oder?«, fragte sein Vater, und als er nicht antwortete, fasste er ihn am Arm und zog ihn zu sich herum. »He, ich frag dich was! Das war das verdammte Geschenk, das du dir gewünscht hast, oder? Was ist damit?«, fragte er scharf. Hannes zuckte zusammen. Das Geschenk. Was war damit? Warum war es fort? Er starrte die Burgmauer im Schaufenster an, die Fahnen und die Schwerter, aber alles, was er sah, war das Rot. Wie viele Tage noch? Er wusste es nicht.

Das Weihnachtsglöckchen klingelte.

Seine Tante Clara, die dieses Jahr mit ihnen feierte, nahm ihn an der Hand, als wäre er immer noch klein. Sie knipste das Licht im Esszimmer aus, sodass sie beinahe im Dunkeln standen. Und dann ging die Tür zum Wohnzimmer auf, und das Erste, was Hannes bemerkte, waren die Kerzenflammen – Kerzen am Baum und auf den Tischen und an einem Kerzenleuchter, der unter der Decke hing. Das Zweite war das leuchtende Rot der Kugeln an den Zweigen des Weihnachtsbaums.

Das Dritte war das Paket, das unter dem Baum lag. Er starrte es an, als er über die Schwelle trat, starrte und stolperte und wäre gefallen, hätte Clara nicht seine Hand gehalten. »Hoppla!«, lachte sie. Seine Mutter saß auf dem Sessel neben dem Baum und streckte ihm die Arme entgegen. »Wo ist Papa?«, fragte er mühsam, und sie sah ihn seltsam an und antwortete nicht, sondern machte sich an einer der Kerzen auf dem Tisch zu schaffen. Sein

Blick glitt zurück zu dem roten Paket unter dem Baum, und sein Herz begann heftig zu klopfen. Er sah nur das Rot. Und dann flog die Tür auf, und sein Vater stand auf der Schwelle, groß und drohend und wild. Er erkannte ihn trotz des wallenden Barts und trotz der Kapuze, die er tief in sein Gesicht gezogen hatte. Einen Moment lang stand alles still, die ganze Welt, und Hannes starrte seinen Vater an und sah nur das Rot und hörte in seinem Kopf ein Lachen, das zu Scherben zersprang. Dann riss er sich los von seiner Mutter, die ihre Arme um ihn gelegt hatte, rannte zur Tür, vorbei an dem Mann auf der Türschwelle, lief die Treppen hinauf, warf sich auf sein Bett und zog die Decke über den Kopf, um nichts mehr zu hören, und lauschte doch gleichzeitig, lauschte und wartete.

»Ihr hättet es ihm sagen müssen.«

Die Stimmen kamen die Treppe herauf näher, gedämpfte Stimmen. Vor der angelehnten Tür seines Zimmers verhielten die Schritte.

»Vielleicht«, hörte Hannes seine Mutter sagen, leise, als könne er nicht sowieso hören, was gesprochen wurde. »Aber er war schon seit Wochen so aufgeregt, wir dachten, wir warten bis nach Weihnachten. Und es war für uns so schon schwierig genug. Wir haben fast alle Geschenke zurückgegeben, die wir gekauft hatten. Irgendwo müssen wir ja anfangen ...«

»Aber Hannes hat doch auch so gemerkt, dass etwas nicht gestimmt hat. Als ich neulich bei euch zum Babysitten war ...« Seine Tante klang ärgerlich, verständnislos. »Und warum hat Martin mir nichts gesagt? Ich bin seine Schwester!«

Seine Mutter klang müde. »Er muss erst mal selbst damit fertigwerden.« Sie lachte, ein kurzes, freudloses Lachen, das ihn an zerbrechendes Porzellan erinnerte. »Ich auch, ehrlich gesagt. Wenn wir das Haus wieder verkaufen müssen, nur weil er sich verspekuliert hat ... Warum ist er so ein Idiot gewesen?«

Dann kamen sie zur Tür, ihre Schritte gedämpft auf dem dicken Teppich, aber Hannes hatte das Gesicht zur Wand gedreht und die Augen geschlossen. »Er schläft«, murmelte seine Mutter.

»Schöne Bescherung«, meinte Clara trocken.

Sie stellten das Paket mit dem roten Papier neben seinem Bett ab, bevor sie das Zimmer verließen. Im Wohnzimmer brannten noch immer die Kerzen, und Martin saß auf dem großen Sessel, der falsche Bart hing ihm um den Hals, die rote Kapuze war in den Nacken geschoben. »Ich wollte, dass er wenigstens ein richtiges Geschenk bekommt«, sagte er zu niemandem im Besonderen. »Nur das eine, das er sich so gewünscht hat. Sonst gibt es erst mal keine Geschenke mehr.« Er schnitt eine Grimasse. »Wenigstens ist Glühwein da. Der ist ja nicht so teuer wie ein Playmobilschloss.«

»Oder wie ein Haus, für das man kein Geld hat«, gab Andrea zurück, eine Spur zu scharf.

Martin sah sie freudlos an. »Wollen wir hoffen, dass der Junge wenigstens glücklich ist mit dem Geschenk. Ich bin noch mit Hannes in die Stadt, um sicherzugehen, dass es das Richtige ist. Er konnte gar nicht mehr wegschauen von dem albernen Ding.«

»Wann war das?«, wollte Clara wissen. Sie warf ihm einen Blick zu, seltsam abschätzend, abwägend. Als er nicht gleich antwortete, fuhr sie fort: »Ich dachte, du hättest das Schloss schon viel früher gekauft ... Hannes hat das Paket in deinem Schrank entdeckt. Er ist aus eurem Zimmer geschlichen, als ich neulich zum Babysitten da war. Ich hab das Geschenk im Schrank gesehen. Es war in rotes Papier eingepackt.«

Oben in seinem Zimmer war Hannes aus dem Bett geglitten. Er machte kein Licht an; er brauchte keines. Der Schein der Straßenlaterne von draußen genügte ihm. In dem blassen Schimmer hatte das Paket keine Farbe. Es war leichter, als er erwartet hatte. Vorsichtig zog er an einem der Tesafilmstreifen, der sich löste, ohne das Papier zu zerreißen. Eine Ecke stand hoch, wo eben noch nichts gewesen war. Die Schachtel kam zum Vorschein, als er das Papier entfernt hatte, aber sie war nicht aus glattem, schwerem Holz, sondern aus Pappe. Bei Tageslicht wären die Bilder auf der Verpackung bunt gewesen, aber die Dunkelheit machte sie zu Schatten ohne Substanz.

»Ich habe das Playmobildings erst gestern gekauft«, sagte Martin. Seine Frau hatte in der Küche den Glühwein auf den Herd gestellt und nahm gerade die Glühweinbecher aus dem Buffetschrank. Er starrte in die Kerzenflamme. »Ich musste unsere Mutter um Geld bitten«, fügte er bitter hinzu. Seine Schwester sah ihn forschend an. »Für wen war dann das rote Paket in deinem Schrank?«

Ein Klirren von zerbrechendem Porzellan ertönte, gefolgt von einem leisen Fluch. Andrea hatte eine Tasse fallen lassen. Schon wieder.

»Das war für jemand anderen.« Martin nahm endlich das Gummiband mit dem falschen Bart ab. »Ich habe dir doch gesagt, dass ich die meisten Geschenke zurückgeben musste. Wir können uns das alles nicht mehr leisten.«

Er stand auf und holte Schaufel und Besen aus der Küche, und Andrea fegte die Scherben auf.

Der andere Abend kam Hannes auf einmal wie ein Traum vor. Einer von denen, die man nicht einfach wieder vergisst, die ein Teil von einem werden. Er hockte in seinem Zimmer, das rote Geschenkpapier auf dem Boden und daneben die offene Schachtel mit den kleinen Plastikbeuteln. Er nahm einen davon, riss ihn auf und leerte den Inhalt auf den Teppich. Playmobilmännchen mit ausdruckslosen Gesichtern und Helmen auf dem Kopf. Einer von ihnen hatte einen weißen Bart, genauso wie sein Vater vorhin, als er auf der Türschwelle gestanden hatte.

Drüben bei den Nachbarn war noch Licht. Er konnte ihren Weihnachtsbaum durch das Fenster im Erdgeschoss sehen.

Hannes nahm den Playmobilkrieger mit dem weißen Bart, drückte ihm ein Schwert in die Hand und setzte ihn auf ein Pferd. Die Figuren kamen ihm plötzlich viel kleiner vor als früher.

Thomas Kowa
Der nicht mehr ganz so lebendige Adventskalender

Hinter der Tür des ›Lebendigen Adventskalenders‹ in Herzogenaurach wartete der Tod.

Und niemand ahnte es. Ich am allerwenigsten, denn sonst hätte ich mir kaum vorher den vierten Glühwein und dreimal Drei im Weggla gegönnt. Schließlich war heute zweiter Advent, und da der für gewöhnlich auf einen Sonntag fiel, hatte ich dienstfrei. Und so freute ich mich auf den lebendigen Adventskalender, der heute auf dem Marktplatz in der heimeligen Altstadt von Herzogenaurach sein Türchen öffnete. Genau genommen war es zwar eine Bühne, dessen Vorhang sich öffnete, aber dahinter verbarg sich immer eine originelle, besinnliche, bezaubernde, rührende oder auch fantastische Überraschung. Die, wie gesagt, heute ziemlich tot daherkam.

Doch das wusste ich zu diesem Zeitpunkt ja noch nicht, und so überlegte ich gerade, ob ein fünfter Glühwein den Wurstwegglawust in meinem Magen eventuell auflösen würde – schließlich konnte Alkohol die unglaublichsten Wirkungen haben, wenn man nur ganz fest daran glaubte.

Meine aus München zugewanderte Assistentin Susi beispielsweise hatte schon den fünften alkoholfreien Glühwein getrunken und war trotzdem ziemlich angeheitert. Möglicherweise lag es an dem, was ich ihr heimlich in den Becher geschüttet hatte: Käsekuchenlikör, ein fränkischer Exportschlager aus Rehberg, der dezent nach

Käsekuchen samt Mürbeteig schmeckt, aber in Kombination mit dem Glühwein glücklicherweise nicht weiter auffiel. Das Aufpeppen von Susis Getränk war zwar nicht die feine Herzogenauracher Art, aber ich wusste mir nicht anders zu helfen. Schließlich macht es keinen Spaß, am freien Wochenende über die bayerische Kriminalitätsstatistik zu diskutieren oder über die neuen Trendfarben der Saison. Andere Themen schien Susi jedenfalls nicht zu kennen, kein Wunder: Sie war ein Fashion-Junkie und die Tochter des LKA-Präsidenten.

Genau genommen handelte es sich bei dem Käsekuchenlikörmanöver auch um eine Schulungsveranstaltung, denn wenn ich demnächst in Pension gehen würde, sollte Susi meine Nachfolgerin werden. Dazu musste sie noch einiges lernen, zum Beispiel, wie man sich auf einem fränkischen Weihnachtsmarkt verhält, damit die Bürger einen als Freund und Helfer und nicht als Spitzel wahrnehmen. Und auch nicht als Supermodel.

Die männlichen Besucher des Weihnachtsmarktes grüßten Susi zwar mit ungeheurem Fleiß – was fast schon wieder verdächtig war –, aber bei den weiblichen Einwohnern hatte sie noch einiges an Nachholbedarf.

Und um mich machten die Herzogenauracherinnen jetzt auch einen Bogen, kein Wunder, wenn eine Polizistin aus München im pinkfarbenen Minirock neben einem steht. Mein Magen grummelte – vielleicht hatte ich doch eine Wurst zu viel gegessen –, und ich goss mir einen Käsekuchenlikör ein. »Willst du auch einen?«, fragte ich.

Susi schüttelte den Kopf. »Für uns gilt doch ab Dienstbeginn morgen früh die Nullkomma- ... hicks ... null Promille- ... hicks ... grenze«, lallte sie. »Und ich fühle mich jetzt schon so komisch ... hicks ... weiß auch nicht, was heute los ist.«

In dem Moment öffnete sich die Tür zum Adventskalender, und das Unheil nahm seinen Lauf.

Es wurde immer ein Riesengeheimnis um die Auftretenden beim lebendigen Adventskalender gemacht, doch ich wusste aus sicherer Quelle – nämlich vom Bürgermeister persönlich – wer heute auf die Bühne kam.

Und dann entdeckte ich ihn auch schon: Magic Manfred, der als heutiger Überraschungsgast das weihnachtlich gestimmte Publikum verzaubern sollte. Doch das schien nur schwer möglich, denn wie ich gerade sah, lag er mit einem Messer in der Brust auf einer zersägten Jungfrau, zwischen deren beiden Hälften ein paar Karnickel herumhoppelten und an einem schwarzen Zylinder knabberten.

Ich ließ den Käsekuchenlikör sowie Zwei verbliebene im Weggla fallen, schmierte mir dabei Senf auf die Hose und stürmte mitten durch das panisch flüchtende Publikum nach vorn zur Bühne, Susi dicht hinter mir.

Ich wollte mich gerade wie James Bond auf die Bühne schwingen, als Susi mich zurückhielt. »Du willst doch nicht etwa den Tatort ohne ... hicks ... Schutzkleidung betreten?«

»Vielleicht können wir noch was tun!«, rief ich.

Sie deutete auf Magic Manfred, der so leblos und blass wie eine Leiche aussah, auf das Messer in seinem Herzen und auf die zersägte Jungfrau, die wie bei Zaubertricks üblich in zwei Holzkisten verpackt war, nur Kopf, Arme und Beine schauten erstarrt heraus. »Ich weiß ja nicht, was du im Biologieunterricht gemacht hast, aber die beiden sind mucksmäuschen- ... hicks ... tot.«

Susi hatte in dem Punkt wohl recht und ich keinen Sekundenkleber bei mir, mit dem ich wenigstens bei der zersägten Jungfrau noch etwas hätte ausrichten können. Außerdem konnten die Leichen nicht weglaufen, schließlich war das hier kein Zombiefilm, sondern die harte Realität.

Nun war ich Susis Vorgesetzter, und mit vollem Bauch rannte es sich eher suboptimal, also schickte ich meine Assistentin in die nah gelegene Polizeiinspektion, um den Tatortkoffer samt Schutzkleidung zu holen. »Ich sperre derweil die Bühne ab«, rief ich noch, als mir einfiel, dass auch das Absperrband im Tatortkoffer lag.

Also machte ich einen Abstecher zum Weihnachtsbaum, holte ein Bündel Lametta und knotete es zusammen. Wem das jetzt zu instabil scheint, der sollte sich mal überlegen, wie schwer es ist, das normalerweise zur Tatortabsperrung verwendete Plastikband zu überwinden. Jeder Dreijährige kommt da durch! Es ging dabei schon immer um den symbolischen Schutz des Tatorts, um die Demonstration der Staatsgewalt, notfalls eben mit Lametta.

Plötzlich starteten ein paar Feuerwerksraketen neben der Bühne, schossen in die Höhe und hinterließen einen goldenen Schweif am Abendhimmel.

Ich lief zurück zur Bühne, und als ich gerade das Lametta an einem Boxenständer befestigen wollte, hielt ich geschockt inne. Ich rieb mir die Augen, verfluchte die Glühweine und schluckte. Magic Manfred war verschwunden, von der zersägten Jungfrau fehlte das Oberteil, ebenso wie vom inzwischen ziemlich zerfetzten Zylinder. Nur die Karnickel schienen noch vollzählig, und nachdem sie das glitzernde Lametta entdeckt hatten, fielen sie sofort darüber her.

Ich köderte sie mit ein paar frischen Tannenzweigen, und damit nicht noch mehr vom Tatort verschwand, zäunte ich ihn mit dem Lametta ein.

Anschließend hielt ich nach Zeugen Ausschau, die eventuell beobachtet hatten, wie Magic Manfred und die zersägte Jungfrau verschwunden waren, doch es hatten vorwiegend Familien mit Kindern ganz vorne gestanden, und nach dem Öffnen des Vorhangs waren verständlicherweise alle geflüchtet. Es strömten zwar die üblichen Gaffer nach vorn, aber von denen hatte niemand etwas gesehen, außer das Feuerwerk, zu dem ich nach neun Befragungen zehn verschiedene Zeugenaussagen bekam. Und keine half mir weiter.

Dann kam Susi endlich wieder. In der Rechten trug sie den Tatortkoffer, in der Linken das Absperrband und im Gesicht ein paar Fragezeichen. »Ist der alkoholfreie Glühwein hier stärker als in München?«, fragte sie. »Oder sind die ... hicks ... Leichen wirklich verschwunden?«

Ich nickte zweimal schuldbewusst.

Sie zeigte auf das Lametta. »Und was soll das mit der Weihnachtsdeko?«

»Ich musste den Tatort absperren.«

»Und wie sind die beiden ... hicks ... dann verschwunden?«

Ich zuckte mit den Schultern. »Lass uns mal die zersägte Jungfrau untersuchen, eine Hälfte steht ja noch hier.«

Wir zogen die Schutzanzüge an, und ich öffnete die Kiste, aus der ein Paar Füße herausschauten.

»Die hat ja sogar an den Waden Cellulitis!«, rief Susi.

Ich inspizierte die Beine genauer. »Ich würde eher sagen, die sind aus Plastik.«

»Plastik? Das ist ja noch schlimmer als Cellulitis«, rief Susi. »Wer trägt so was freiwillig?«

Ich seufzte. »Niemand. Das ist ja auch ein Zaubertrick.«

»Und du meinst bei Magic Manfred ist das ähnlich gelaufen?«

Ich zuckte wieder mit den Schultern. »Bei der zersägten Jungfrau funktioniert das jedenfalls mit doppeltem ...«

»Boden!«, sagten wir gleichzeitig und blickten auf die Bühnenplanken.

Schnell hatten wir eine Auskerbung im Bühnenboden gefunden, eine Art Falltür, jedenfalls tat ich einen Schritt und lag plötzlich anderthalb Meter tiefer in einer kleinen hölzernen Kammer.

»Alles ... hicks ... okay?«, fragte Susi und schob sich in das Loch hinunter.

Ich nickte. Dann erst sah ich das blutverschmierte Messer am Boden liegen.

»Meinst du, das ist auch aus Plastik?«, fragte Susi.

Ich wollte gerade nicken, da hielt Susi es schon in der Hand. »Nö, ist Metall, ziemlich scharf. Und das Blut sieht auch nicht aus wie ... hicks ... Ketchup.«

Ich musterte die Wände der Kammer, entdeckte einen Türknauf, drehte diesen, und wir standen in einem kaum mannshohen Gang, der hinter der Bühne ins Freie führte.

Dort war weder Magic Manfred noch seine zersägte Jungfrau zu sehen, und so blieb mir nichts anderes übrig, als diesen Teil des Tatorts ebenso mit Lametta abzusichern, schließlich lag das Absperrband noch oben im Tatortkoffer.

»Was weißt du über Magic Manfred?«, fragte mich Susi.

»Das ist ein Zauberkünstler hier aus der Stadt«, antwortete ich. »Heißt mit richtigem Namen Manfred Müller und ist außerhalb von Franken eher unbekannt. Am besten, wir schauen mal bei ihm daheim vorbei.«

Ich ließ mir per gutem alten Telefon vom Ordnungsamt seine Personenstandsdaten geben, und während Susi per Google Maps noch die *Köpfwasen* suchte, hatte ich den Dienstwagen schon in der Straße mit dem hoffentlich nicht allzu sprechenden Namen geparkt.

Wir gingen zu dem Mehrfamilienhaus, in dem Magic Manfred laut Ordnungsamt wohnte, und ich klingelte anstatt bei ihm bei einer Nachbarin, deren Name mir bekannt vorkam. Schließlich war Herzogenaurach nicht so groß, und ich tat hier seit über vierzig Jahren Dienst. Dunkel erinnerte ich mich, dass die Nachbarin irgendetwas mit Hasen zu tun gehabt hatte. Über die Türsprechanlage versprach sie uns zu öffnen, doch dann dauerte es mindestens eine halbe Minute, bis der Türsummer tatsächlich ging.

Wir stiegen die Holztreppe hinauf in den zweiten Stock, rechts in der Tür stand eine ältere Omi mit grauer Pudellockenfrisur. »Haben Sie Neuigkeiten wegen diesen unsäglichen Hasenexkrementen?«, begrüßte sie mich und klang wie eine preußische Offiziersgattin, die alle Befehle selbst erteilt.

Jetzt erinnerte ich mich wieder an ihren Besuch bei uns auf der Polizeiinspektion: Der Hausflur sei immer mit Hasenexkrementen verschmutzt und sie wolle daher Anzeige gegen unbekannt erstatten, wobei sie schon einen Verdacht habe, wer denn der Übeltäter sei.

Den hatte ich inzwischen auch.

Ich nickte der sehr auf Sauberkeit bedachten Preußin zu. »Wissen Sie, ob Ihr Nachbar daheim ist, Herr Manfred Müller?«

»Den hab ich seit Tagen nicht mehr gesehen.«

»Sie haben nicht zufällig einen Schlüssel zu seiner Wohnung?«

Sie drehte sich um und kramte etwas in einer kleinen Kommode. Plötzlich schrie sie laut auf, an ihrer Hand hing eine Mausefalle mit einem Stück Karotte darin. »Da sehen Sie, was dieser Müller wieder angerichtet hat!«, rief sie.

»Hat der Kerl etwa eine Mausefalle in Ihrer ... hicks ... Kommode platziert?«, fragte Susi und zog die Finger der alten Dame aus dem Metallgestänge.

Frau Güttler dachte eine Spur zu lange nach. »Das wäre ihm auch noch zuzutrauen«, zischte sie schließlich. Dann erst reichte sie mir einen Schlüssel. »Aber sagen Sie ihm nichts, den hab ich nur zu meinem Selbstschutz nachmachen lassen.«

»Das kann auch nach hinten losgehen.« Ich zeigte auf die Mausefalle.

Frau Güttler lief rot an, doch nur zwei Sekunden lang, dann deutete sie mit dem Zeigefinger auf mich. »Jetzt lenken Sie mal nicht ab! Wären Sie damals meiner Aufforderung zur Hausdurchsuchung nachgekommen, hätte ich gar nicht erst zu solchen Maßnahmen greifen müssen!«

Ich dachte mir meinen Teil und klingelte an Magic Manfreds Wohnungstür gegenüber. Nichts rührte sich, und so schloss ich die Tür auf.

Zu unserer Überraschung stand die Wohnung bis auf ein Feldbett komplett leer.

Wir sicherten diverse Fingerabdrücke am Bett, fanden auf der Matratze ein paar Haare und fuhren direkt zur Rechtsmedizin.

Aus taktischen Gründen ließ ich Susi unser Anliegen vorbringen, die währenddessen ein wenig an ihrem Minirock zupfte und nebenbei erwähnte, dass ihr Vater LKA-Präsident sei. Während ich immer mindestens drei Wochen auf eine DNA-Analyse warten musste, bekam sie dieselbe schon am folgenden Nachmittag, exakt fünf Minuten, bevor das nächste Türchen am lebendigen Adventskalender öffnete.

Wir kamen gerade auf den Marktplatz, dieses Mal ohne Glühwein und ohne Drei im Weggla, schließlich war ich jetzt im Dienst. Außerdem hatte ich am Mittag aus lauter Frust schon anderthalb halbe Hendl im *Bayerischen Hof* gegessen. Die DNA des Blutes auf dem Messer stimmte zwar wie vermutet mit derjenigen der Haare aus Magic Manfreds Wohnung überein, aber eine konkrete Spur hatten wir immer noch nicht. Und mit der üblichen Ruhe in Herzogenaurach war es seit dem Morgen auch vorbei.

Die Presse hatte nämlich Wind von dem Fall bekommen, und so standen auch einige Journalisten auf dem Marktplatz. In der ersten Reihe hatte sich ein Reporter dieser überregionalen Zeitung mit den vier Buchstaben platziert, die dafür bekannt war, die Wahrheit nur als lästige Sekundärinformation zu behandeln. *Doppelmord in Herzogenaurach!*, hatte sie getitelt. *Magic Manfred und seine Assistentin Highheels Hildegard wurden Opfer eines brutalen Verbrechens! Tatort mit Lametta abgesperrt!*

»Den letzten Satz hätten Sie auch weglassen können«, grummelte ich, als wir an dem Reporter vorbeigingen.

»Schließlich hat das Lametta seine Funktion voll erfüllt und niemand den Tatort betreten.«

Der Zeitungsmann entgegnete etwas von journalistischer Freiheit, und bevor ich antworten konnte, öffnete sich schon der Vorhang des lebendigen Adventskalenders.

Statt der Bamberger Trachtengruppe, die für heute angekündigt war, sah man nur ein weißes Bettlaken, auf dem in krakeliger Schrift – und von Lametta umrandet – stand: *Wir gedenken Magic Manfred, dem großen Zauberer!*, dann wurde das Laken von der Trachtengruppe heruntergerissen, die offensichtlich dachte, es gehöre bei einem lebendigen Adventskalender dazu, dass sich die Überraschung selbst befreit.

»War das geplant?«, fragte mich Susi.

Ich schüttelte mal wieder den Kopf, Susi sicherte das Laken, und ich sprang sofort zur Falltür und ließ mich hinunterplumpsen. Doch niemand war zu sehen. Bis auf den besagten Reporter der Zeitung mit den vier Buchstaben, der mir hinterherstürzte, wohl damit er morgen etwas von einer Exklusivstory zusammenfantasieren konnte.

Wir ließen ihn stehen und brachten das Tuch ins Labor, wo wir – dank Susis rhetorischem und sonstigem Talent – schon nach ein paar Stunden erfuhren, dass sich darauf keinerlei verwertbare Spuren befanden.

»Und was jetzt?«, fragte ich Susi.

»Wir lassen die Bühne nachts überwachen«, sagte sie. »Ihr habt doch sicher Überwachungskameras bei euch auf der Dienststelle?«

Ich schüttelte den Kopf. »Haben wir noch nie gebraucht.«

»Aber in der Beyschlag'schen Apotheke hängt doch eine Überwachungskamera, die können wir uns bestimmt ausleihen, oder?«

»Und was machen wir, wenn die währenddessen überfallen wird?«, fragte ich. »Wäre ja nicht das erste Mal.«

Susi nickte. »Stimmt, das war total romantisch, oder?«

»Es war immer noch eine Entführung. Der hatte Glück, dass ich sämtliche Augen zugedrückt hab.«

»Aber es war unser erster gemeinsamer Fall.«

»Damals dachte ich noch, du hast es nicht drauf. Heute weiß ich es ...«

Sie blickte mich mit diesem enttäuschten Hundeblick an, den nur Frauen perfekt nachahmen können.

»... besser«, schob ich hinterher.

»Und daher weiß ich auch, was wir jetzt machen.« Susi lächelte triumphierend. »Wir fordern eine Drohne vom LKA aus München an, die kann den ganzen Platz vollautomatisch überwachen, alles in HD-Auflösung, mit perfektem Ton und Nachtsichtkamera.«

Noch am selben Abend sendete das LKA per Kurier eine Drohne nach Herzogenaurach, zusammen mit einem Karton Absperrbänder.

Wir ignorierten diesen billigen Witz auf unsere Kosten und nahmen die Drohne sofort in Betrieb.

Am folgenden Tag warteten wir gespannt auf das nächste Türchen des lebendigen Adventskalenders. Dieses Mal standen noch mehr Presseleute auf dem Marktplatz. Gemeinsam mit uns starrten sie nach dem Öffnen des Vorhangs auf das Laken mit der Aufschrift: *Wer ist David Copperfield? Wir wollen Magic Manfred!*

Nachdem wir auch dieses Tuch und die Fluchtwege gesichert hatten, ließen wir die Drohne vom Himmel und betrachteten die Aufnahmen. Es war beeindruckend, man konnte aus vierhundert Metern Höhe jedes Detail erkennen, sogar den eigentlich ausgewaschenen Senffleck auf meiner Hose! Doch das nützte nichts, da die Bühne überdacht war und die Drohne zwar eine Nachtsicht- aber keine Röntgenkamera besaß. Wir konnten also nur unzählige Personen sehen, welche die Bühne betreten und wieder verlassen hatten, aber nicht, wer das Tuch angebracht hatte. Zumal Personen von oben recht schwer zu erkennen waren, jedenfalls wenn sie eine Jimi-Hendrix-Perücke trugen, wie jenes Pärchen, das um fünf Uhr morgens auf die Bühne gekommen war und kurz darauf wieder verschwand.

Also waren wir erneut ahnungs- und spurlos. »Und jetzt?«, fragte mich Susi.

»Jetzt machen wir es auf meine Art«, antwortete ich. »Und legen uns einfach selbst auf die Lauer.«

Wir bohrten ein Guckloch in die Falltür und kauerten uns in der nächsten Nacht in die Kammer unter der Bühne.

Das wäre ja noch zu ertragen gewesen, aber als Susi gegen Mitternacht versuchte, mir den Unterschied zwischen auberginefarben und apricot zu erklären, fragte ich mich ernsthaft, warum ich meinen Vorruhestand immer wieder aufschob.

Als wir im Morgengrauen beim Unterschied zwischen zartrosa und Zinnober angekommen waren, hörten wir endlich ein Geräusch.

Schweigend blickten wir durch das Guckloch, das heißt, Susi schaute hindurch, denn wir hatten aus Diskretionsgründen nur eines geschnitzt, und sie meinte, ich könne ja wohl kaum eine authentische Beschreibung der Geschehnisse abliefern, wenn ich nicht mal die elementarsten Farben kennen würde.

»Und was siehst du?«, flüsterte ich.

»Kleines Schwarzes, diesjährige Sommerkollektion H&M, Größe 36, sie hätte aber besser 42 angezogen.«

»Willst du mir erzählen, da findet eine Modenschau statt, mitten in der Nacht?«

»Dass Highheels Hildegard hier auftaucht, ist doch klar gewesen, oder?«

»Und was ist mit Magic Manfred?«

»Der ist auch da, und dem steht die Jimi-Hendrix-Perücke aber so was von gar nicht. Die beiden streiten sich anscheinend, welches Plakat sie heute aufhängen.«

»Dann nehmen wir ihnen die Entscheidung mal ab«, flüsterte ich, stieß die Falltür auf und sprang aus dem Kämmerchen nach oben. Da ich heute weder Hendl noch Drei im Weggla gegessen hatte, hatte ich die beiden schon wie Karnickel am Kragen gepackt, bevor sie überhaupt an Flucht denken konnten.

Ihre Reaktion fiel nicht ganz so aus wie von mir erwartet. »Das wurde aber auch Zeit, dass ihr endlich mal aufkreuzt«, sagte Magic Manfred, zog seine Perücke ab und hielt mir die Hände hin, auf dass ich ihm Handschellen anlegte. »Es ist ganz schön anstrengend, tot zu spielen.«

Ich erfüllte seinen Wunsch, und auch Highheels Hildegard ließ sich bereitwillig die Perücke abnehmen und die Handschellen anlegen. »Warum habt ihr dann den Mord inszeniert?«, fragte ich.

»Ich wollte beweisen, dass ich der beste Zauberer der Welt bin«, antwortete Magic Manfred mit Stolz in der Stimme. »Und das ist mir auch gelungen, schließlich habe ich alle in die Irre geführt.«

»Mich nicht«, entgegnete Susi. »Ich wusste gleich, dass da was faul ist. Wer zersägt denn schon Jungfrauen?«

»Jeder große Zauberkünstler macht das!« Magic Manfred erhob den Zeigefinger. »David Copperfield hat Claudia Schiffer in einer Show sogar mal in sechs Teile zersägt.«

Susi blickte ihn geschockt an. »Wahrscheinlich hat sie sich deshalb von ihm getrennt.«

»Können wir mal wieder zur Sache kommen!«, erwiderte ich. »Seid ihr euch bewusst, dass ihr für die Vortäuschung einer schweren Straftat ins Gefängnis kommen könnt?«

Zu meiner Überraschung nickte Magic Manfred. »Wie viele Jahre gibt es, wenn wir gestehen?«

Ich lupfte eine Augenbraue. »Das könnte auf Bewährung enden«, antwortete ich schließlich. »Oder ihr macht den Uli Hoeneß, dann seid ihr bei guter Führung nach einem Jahr wieder draußen.«

Trotz der Handschellen rieb sich Magic Manfred die Hände. »Dann kann ich den Vertrag für die Deutschlandtournee unterschreiben.« Er lächelte. »Kaum hat die ganze Presse über meinen Tod berichtet, konnte sich mein Agent erst vor Kondolenzanrufen und nach einer gewissen Andeutung seinerseits vor Angeboten kaum noch retten. Vor allem dank der tollen Lametta-Story.«

Ich seufzte. »Und wie seid ihr das erste Mal so schnell verschwunden?«

Magic Manfred grinste. »Ein guter Zauberer verrät niemals seine Tricks.«

Jetzt grinste ich. »Tja, ohne Geständnis wird das leider nichts mit der Deutschlandtournee.«

Nun hingegen seufzte Magic Manfred. »Meine Figur mit dem Messer im Herzen war nur aus Wachs; sobald ich dank der Feuerwerkraketen unbeobachtet war, habe ich die Wachsfigur über die Falltür verschwinden lassen, und Hildegard hat sich aus der Box befreit, ein Kinderspiel.«

»Und warum stand die Wohnung leer?«

»Gegen diese Hexe aus der Wohnung gegenüber hilft nicht mal schwarze Magie. Also sind wir heimlich ausgezogen, wir brauchten ja eh eine neue Bleibe zum Untertauchen.«

»Und das Messer?«

»Ein Ablenkungsmanöver, damit ihr den Fall auch weiterverfolgt.« Magic Manfred zeigte auf ein Pflaster an seinem kleinen Finger. »Ich hab keine Schmerzen gescheut, damit es echtes Blut ist. Das macht eben einen großen Zauberer aus.«

»Und die Laken?«, fragte Susi und zeigte auf die beiden weißen Betttücher. Auf dem einen stand: *Highheels Hildegard ist so toll wie Magic Manfred*, auf dem anderen *Ich will ein Knoppers oder die Weltherrschaft!*

»Die haben wir nachts an der elektrischen Aufhängung der Bühne befestigt und kurz vor dem Auftritt per Fernbedienung heruntergefahren.«

»Klingt ja nicht gerade wie ein Zaubertrick«, erwiderte ich.

»Nichts klingt mehr wie ein Zaubertrick, wenn man es erst mal erklärt hat«, sagte Magic Manfred, und da musste ich ihm erstmals recht geben.

Wir verfrachteten die beiden in die Zelle, und es ging schon die Sonne auf, als wir endlich wieder vor der Polizeiinspektion standen. »Jetzt könnte ich einen Prosecco vertragen«, sagte Susi.

Obwohl wir im Dienst waren, sagte ich nicht Nein. Wir gingen ins *Café Römmelt*, bestellten ein Frühstück und stießen an. »Auf die bayerisch-fränkische Zusammenarbeit!«, rief Susi.

Erst lupfte ich beide Augenbrauen, doch dann trank ich. »Auf uns.«

»Haben wir das nicht toll gemacht?«

Ich zuckte mit den Schultern. »Im Grunde war das wieder nix.«

Susi blickte mich irritiert an. »Wieso, wir haben den Fall doch gelöst! Und zwar mit einer Eins mit Sternchen.« Sie lächelte. »Und mit Lametta.«

»Aber es war wieder kein Mordfall«, antwortete ich und hätte dabei beinah geseufzt. Ich war ja froh darum, aber so ein bisschen tot hätte Magic Manfred ruhig sein dürfen.

»Warte es ab«, entgegnete Susi. »Nächstes Jahr soll blutrot die Modefarbe der Saison werden, da klappt es ganz bestimmt.«

In dem Moment war ich mir sicher, dass auch wir irgendwann unseren ersten Mordfall in Herzogenaurach lösen durften.

Horst Prosch
Nach dem Piep

Du wohnst noch immer im selben Haus. Ihr habt die Fensterläden neu gestrichen, sie sind jetzt dunkelgrün. Dem Apfelbaum fehlt ein mächtiger Ast, es wirkt, als wäre er amputiert worden.

Weißt du noch, wie wir damals im Gras gelegen haben, in diesem besonders heißen Sommer? Deine kleine Schwester spielte in ihrem Zimmer, während das Fenster offenstand.

Wir müssen leise sein, hast du gesagt, und ich unterdrückte mein Lachen, als du mit einem Grashalm an meinen nackten Armen entlanggefahren bist.

Ich habe mir einen Campingbus gekauft. Gebraucht und rostig. Der Verkäufer hat gesagt, der Motor sei unverwüstlich, ein Diesel eben, und die Heizung würde im Winter gute Dienste leisten, aber ich möge für kalte Nächte vorsorgen. Natürlich, hatte ich genickt und die Scheine vor ihm in bar auf den Tisch gezählt. Eine Garantie wollte er mir nicht geben.

Als der erste Apfel vom Baum gefallen ist, hast du gesagt, es sei wie im Paradies. Dein Vater hatte das Gras lange nicht mehr gemäht, und wenn wir uns flach auf die Wiese legten, waren wir beinahe unsichtbar.

Du wolltest wissen, ob ich das Kapitel aus der Bibel kenne.

Welches?, habe ich entgegnet.

Das mit Adam und Eva.

Ich nickte. Natürlich kannte ich es. Jedes Kind kennt das Kapitel.

Du hast den Apfel genommen und zwischen deinen Fingern gedreht. Ich wartete und hoffte, von dir würde nun etwas kommen, etwas Bedeutendes.

Da ist ein Wurm drin, hast du schließlich festgestellt und den Apfel in Richtung Weiher geworfen. Ich war enttäuscht.

Dein Blick fiel auf mein leichtes Sommerkleid. Ich zog es mir über die Knie und schlug die Beine übereinander, damit du nicht sehen konntest, was ich unter dem Kleid trug. Wieder hast du einen Grashalm aus der Erde gezupft. Ich legte mich ins Gras und schloss die Augen. Deine Stimme war belegt. Du hast mir etwas von den Ferien erzählt, und dass ihr in den Urlaub fahren würdet.

Dann war Stille. Ein Insekt summte, und ich hatte Angst, es könnte mich stechen. Im Apfelbaum knackte ein Ast, gleich darauf fiel etwas dumpf zu Boden. Du hast gesagt, ich hätte schöne Haare. Und dann schrie deine kleine Schwester.

Der Campingbus ist eine lahme Ente. Eine kurze Steigung auf der Autobahn genügt, und schon werde ich von Lastwagen überholt. Ich bin durch halb Europa gefahren, weil ich endlich all das sehen wollte, was ich bisher nicht gesehen habe. Meine Kreise um dein Haus sind dabei immer enger geworden, mein Reiseweg gleicht einer Spirale.

Deine Eltern haben gesagt, ich könnte mich um den Garten kümmern, ich kenne ihn ja gut. Sie würden mich gerne in den Urlaub mitnehmen, aber so kurzfristig sei kein weiteres Zimmer frei. So bekam ich den Schlüssel für euer Haus. Als euer Auto aus meinem Blick verschwunden war, musste ich mir eine Träne aus den Augen wischen.

Noch am selben Nachmittag sah ich nach den Blumen. Es fühlte sich an, als würde ich für ein paar Tage hier wohnen. Ich ging durch die Räume, öffnete jede Tür. Ich legte mich in dein Bett und roch an deinem Kissen. In deinem Kleiderschrank suchte ich nach etwas Besonderem, fand aber nur eine Schachtel mit getrockneten Grashüpfern. Im Nachtkästchen entdeckte ich deine Unterwäsche, auch deine Socken mit den Löchern und ganz hinten, versteckt hinter einer dünnen Holzwand, ein paar geheime Bilder. Mir verschlug es die Sprache. Ich habe mir die Hand vor den Mund gehalten, um nicht schreien zu müssen. Dabei hätte mich niemand hören können; du und deine kleine Schwester und auch deine Eltern packten in diesem Moment vielleicht schon die Koffer aus.

Irgendwo im Haus glaubte ich ein Rascheln zu hören, und so stopfte ich die Bilder zurück, ordnete deine Socken und drückte die Schublade leise zu.

Als ihr vom Urlaub zurückgekommen seid, hatte ich Probleme, dir in die Augen zu sehen. Du warst nicht mehr der Junge, den ich seit dem Kindergarten kannte. Etwas hatte sich verändert. Ich sah die Bilder in deiner Schublade vor mir, dachte an den Grashalm, mit dem du über meine Haut gewandert bist, und fühlte: Hier passt etwas nicht mehr zusammen. Ich reichte dir die Hand und ekelte mich gleichzeitig, ein seltsames Gefühl. Deine Eltern sagten, ich hätte wunderbar auf das Haus und den Garten aufgepasst, nichts sei geschehen. Es sei gut, wenn man sich auf jemanden verlassen könne. Sie überreichten mir zum Dank ein Lesezeichen mit einem Edelweiß: *Schöne Urlaubsgrüße aus Berchtesgaden.*

Ich habe mir einen kleinen Hügel ausgesucht. Büsche dämpfen den kalten Wind und dienen als Tarnung. Du musst mich nicht sehen; es genügt, wenn ich *dich* sehen kann. Dort oben stehe ich nun und rolle mich nachts in meinen Schlafsack hinein. Der Verkäufer hatte recht: Die Heizung funktioniert gut. Manchmal brummt es unter mir, oder es gluckert. Wenn das Gebläse die warme Luft im Bus verteilt, fühlt es sich an, als ginge ein lauer Wind zwischen den Vordersitzen hindurch bis zur umgeklappten Rückbank. Stundenlang schaue ich durch die Fensterscheiben zu deinem Haus hinüber, wische mit der Hand über die von meinem Atem beschlagene Scheibe, und wenn meine Augen müde werden, hole ich das Fernglas hervor. Ich sehe Lichter in deinem Haus und wandernde Schatten hinter den Gardinen.

Bist du das? Sind es deine Kinder?

Plötzlich habe ich deine Stimme im Kopf: *Leg dich hin. Mach die Augen zu. Du darfst dich nicht bewegen.*

Oft habe ich darüber nachgedacht, wie es mit deinem Leben weitergegangen ist. Ob du dich verändert hast. So etwas prägt doch, so ein Ereignis. Das drängt sich in die Gedanken hinein, steuert die Erinnerung und jagt dir Schauer über den Rücken. Oder bist du noch immer derselbe, mein Joschi?

Mit einer jähen Bewegung schiebe ich den Pullover hoch, betrachte meinen Bauch und sehe nach, ob etwas geblieben ist; aber da ist nichts.

Paulinchen, hast du zu mir gesagt. Was ist mit dir?

Es klang, als würdest du dir Sorgen machen.

Nichts, habe ich geantwortet und meine Hände hinter dem Rücken versteckt. Das Edelweiß zwischen meinen Fingern brannte wie glühende Kohlen. Ich konnte dir nicht sagen, dass ich in deinem Zimmer war und ein Geheimnis von dir entdeckt hatte. Die Bilder waren so schrecklich. Das viele Blut auf der Haut und die scheinbar abgerissenen Teile von menschlichen Körpern. Abgehackt und zerstückelt und verdreht. Ich wusste nicht, ob ich jemals mit dir darüber würde sprechen können. Es fühlte sich an, als hätte ich dich als Freund verloren.

Mir schien, du bist in den vergangenen zwei Wochen um Jahre reifer geworden. Kein Junge mehr, der mit pickeligem Gesicht und einem Grashalm zwischen den Fingern belanglos über die Haut der Freundin aus Kindertagen streift.

Du hast gesagt, wir müssten uns unter den Apfelbaum legen, dann sei alles wie früher. Deine Eltern haben gelächelt und angeboten, ich könnte zum Abendessen bleiben. Ich antwortete nicht. Da waren nur diese Bilder in meinem Kopf. Ich hatte Angst, ich könnte dein Zimmer nicht mehr betreten, dich nicht mehr berühren, nichts mehr mit dir unternehmen. Am allerwenigsten konnte ich mich mit dir unter den Apfelbaum legen.

Ich sagte: Joschi. Ich muss nach Hause. Dann ging ich.

Die letzte Nacht war entsetzlich kalt. Mir ist das Gas ausgegangen. Daran hatte ich nicht gedacht. Vielleicht war die Flasche nicht voll gewesen. Mit zitternden Fingern habe ich mich morgens um fünf hinters Lenkrad gesetzt und bin den Feldweg zurück zur Straße gefahren. Auf manchen Pfützen hatte sich vom ersten Nachtfrost eine kleine Eisschicht gebildet. In einem Autohof habe ich mir heißen Tee bestellt, anschließend einen Teller Suppe. Nun fahre ich über Land, frage in Baumärkten nach Ersatz und lande schließlich in einem Fachmarkt für Campingartikel, gleich neben der Autobahn. Der Verkäufer beäugt meinen alten Bus. Das Hochstelldach hat bestimmt schon Risse, meint er und drückt mir nebenbei einen Prospekt in die Hand. Es gebe gute Winterangebote, sagt er. Neue Wohnmobile von diesem Jahr, die bis Oktober vermietet wurden und nun zum Verkauf stünden. Seine Hand weist den Weg zum Ausstellungsgelände. Dort reihen sich Dickschiffe und umgebaute Kastenwagen aneinander. Mobilität in individuellen Monatsraten. Ich lehne ab. Ich brauche keine beheizte Toilette und keine Rückfahrkamera, nicht einmal ein Solarmodul auf dem Dach.

Das fehlende Gas hat mich durcheinandergebracht. Ich fahre durch die Gegend, als würde ich dein Haus nicht mehr finden. Mein Radius ist ein schiefes Dreieck, spitz zulaufend, wie ein Pfeil nach Nordost: Ansbach. Dinkelsbühl. Feuchtwangen. Vieles hat sich verändert. Es gibt Ortsumfahrungen und Kreisverkehre, Discounter haben sich auf grünen Wiesen breitgemacht wie Picknickdecken am Altmühlsee.

Du bist mir nachgelaufen. Du kannst jetzt nicht so gehen, hast du gesagt und meine Hand genommen. Nicht ohne Abendessen. Ich reagierte nicht. Was sollte ein Abendessen ändern?

Mir klebte ein Satz im Mund, der mit den Worten: *In deinem Zimmer ...* begann. Doch er wollte nicht heraus.

Nicht jetzt. Vielleicht morgen oder übermorgen. Ich musste erst in mir selbst forschen, ob ich diese Frage würde stellen können. Schweigend setzte ich mich an den Tisch. Es gab Tomaten und würzigen Almkäse aus Berchtesgaden, dazu saure Gurken.

Zwei Wochen später, als die Schule wieder begonnen hatte, schob ich dir einen Zettel in den Rucksack. Drei Worte, mehr schafften meine Finger nicht: *In deinem Zimmer ...*

Auf einer Wiese entdecke ich das erste Schild: *Weihnachtsbäume zu verkaufen. Zweihundert Meter links.* Es ist Mitte November. In einer Tankstelle durchforste ich den Zeitungsständer, entdecke die *FLZ* und darin eine Beilage: Die schönsten Weihnachtsmärkte in Mittelfranken. Dazu in Tabellenform, welcher Markt wann öffnet und wann schließt. Der *Sternlesmarkt* in Wolframs-Eschenbach ist auch dabei.

Du hast mich noch im Pausenhof am Arm gepackt, ein harter Griff, wie ich ihn nicht von dir kannte.

Dann prasselten deine Fragen auf mich ein:

Warum.

Weshalb.

In seinem Zimmer.

Er verstehe nicht.

Wir haben doch nichts in seinem Zimmer gemacht. Niemals. Und ob es in seinem Zimmer etwas gebe, das schrecklich sei. Vielleicht die Tapete, ja, die sei schrecklich. Aber das habe doch nichts mit uns zu tun.

Du bist immer lauter geworden, und deine Hand krallte sich in meinen Arm. Du hast mir wehgetan,

Tränen rollten aus meinen Augen. Ich konnte nichts mehr sehen und hörte kaum noch etwas, sah nur deinen Mund, der auf- und zuging.

Ein Lehrer kam hinzu und fragte, ob er uns helfen könne.

Ich machte mich frei und lief davon.

Zwei Tage später habe ich dir wieder einen Zettel in den Rucksack geschoben: *In deinem Nachtkästchen.*

Gestern Abend habe ich dich zum ersten Mal gesehen: eine schlanke, fast hagere Gestalt, eingehüllt in einen braunen Mantel. Du bist mit einem Spaten in der Hand in den Garten gelaufen, am verstümmelten Apfelbaum vorbei, in Richtung Weiher. Hinter einem Holzstoß bist du verschwunden. Ich wartete lange auf dich, stieg sogar aus dem Campingbus und lief ein Stück näher heran. Ich wollte dich sehen, nach unserer Vertrautheit forschen, ob davon noch etwas vorhanden war. Hinter einem Brombeerstrauch habe ich mich ins Gras gesetzt, das Fernglas an die Augen gedrückt und das Grundstück nach dir abgesucht. Ich habe bei der Terrasse begonnen, einen Schwenk zum Apfelbaum gemacht, dann zum alten Schuppen, zu den Fichten, die euer Grundstück begrenzen. Wie groß sie geworden sind, die Stämme überragen fast dein Haus.

Die Sonne leuchtete matt zwischen den Bäumen hindurch, dann verschwand sie unten im Tal; vielleicht zischte es leise, als sie in den Weiher eintauchte. Zumindest haben wir uns das früher so vorgestellt. Es wurde dunkel, meine Augen konnten nichts mehr erkennen. Ich bin zurück zum Campingbus gelaufen und habe mir Tee gekocht. Jetzt sitze ich mit einer Blechdose zwischen den Beinen im Schneidersitz auf meinem Schlafsack. Der Verschluss der Blechdose klemmt, leichter Rost hat sich auf der Außenseite angesetzt. Ich hätte besser darauf achtgeben müssen.

Wieder weht deine Stimme durch meinen Kopf: *Erst wenn ich Piep sage.*

In meinem Nachtkästchen?

Du hast an einer Mauer vor der Schule auf mich gewartet. Mein Zettel lag wie ein Haufen Erbrochenes vor dir auf dem Gehsteig.

Gehen wir ein Stück zusammen, hast du gebeten und nach meiner Hand gegriffen. Ich gab dir meinen kleinen Finger. Stockend kam es aus mir heraus. Alle paar Meter ein Wort. Wie Puzzleteile. Dein Urlaub. Berchtesgaden. Die Blumen im Garten. Dein Zimmer. Die Schublade mit den Strümpfen. Das geheime Fach dahinter.

Wir standen vor der Bäckerei. Der Duft von frischem Brot hing in der Luft. Eine Frau trug ein Blech mit Himbeerkuchen aus dem Laden. Rot und blutig, der Rand leicht ausgefranst, weil der Tortenguss darübergelaufen war. Erneut sah ich die Bilder vor mir und hatte einen Würgereiz im Hals. Das Pausenbrot kam hoch und landete im Rinnstein.

Deine Hand reichte mir ein Taschentuch. Komm, hast du gesagt und meinen Ellenbogen genommen. Ich erkläre dir alles.

War da ein leichtes Grinsen in deinem Gesicht? Ich konnte dich nicht direkt ansehen, nur von der Seite. Eigentlich hätte ich nach Hause gehen müssen, Mutter wartete mit dem Gemüseauflauf auf mich.

Wir setzten uns auf die Bank an der Bushaltestelle.

Ein seltsamer Ort für ein Geständnis. Hinter uns klebten halb zerfetzte Plakate für Veranstaltungen an der Wand, auf der anderen Straßenseite stand das alte Milchhäuschen mit seiner eingeworfenen Fensterscheibe.

Die Bilder, hast du gesagt und mir ein weiteres Taschentuch gereicht. Die Bilder sind nur zur Übung.

Zur Übung? Was willst du denn üben?

Ich habe deinen Namen gegoogelt, bevor ich mir den Campingbus kaufte. Ich fand fünf Personen, aber du warst nicht dabei. Der erste Joschi betreibt eine Gärtnerei im Rheinland. Der zweite ist Zahnarzt, der dritte Rechtsanwalt in einer bayerischen Großstadt. Joschi Nummer vier hat einen Bootsverleih im mecklenburgischen Seenland, Nummer fünf ist Handelsvertreter für Toilettenbedarf.

Kein Krankenhaus führt deinen Namen in der Liste der Ärzte, du hast keine eigene Praxis, keine Homepage. Nichts. Du wohnst noch immer im selben Ort, und so öffne ich die alte, leicht angerostete Blechbüchse zwischen meinen Beinen und ziehe ein Bild heraus, das du gemacht hast. Wieder muss ich schlucken. Die Erinnerung ist ein böses, schwarzes Tier mit roten, blutdurchtränkten Pranken.

Hörst du: Erst nach dem Piep!

Es wäre so einfach gewesen, dir zu glauben. Und doch war es das Schwierigste überhaupt. Ich hörte deine Erklärungen auf der Bank im Bushäuschen, konnte die Füße nicht ruhig halten und dachte daran, dass ich nach Hause gehen müsste.

Komm zu mir, hast du gesagt. Dann zeige ich dir alles. Auch wie es gemacht wird. Es ist ganz einfach.

Wir trafen uns ein paar Tage später unter dem Apfelbaum. Ein vertrauter Ort, der nichts Schlimmes verhieß. Es war Ende September, im Gras lagen die Früchte des Sommers: zerfetzte und verbeulte Äpfel, die von Wespen umschwärmt wurden. Sie fraßen in den Obstwunden, als würden sie Fleischstücke aus einem Kadaver reißen. Du hast dich umgeschaut. Deine kleine Schwester hockte zwischen den Blumenbeeten.

Hier würde es nicht gehen, meintest du und bist ins Haus gegangen, hinauf in dein Zimmer. Ich folgte dir zögernd. Du hast die Tür hinter dir abgeschlossen und ein T-Shirt an die Klinke gehängt, damit keiner durch das Schlüsselloch schauen könne. Niemand wisse davon, hast du gesagt, nicht einmal deine Eltern. Aus dem geheimen Fach hinter den Strümpfen hast du die Bilder hervorgeholt. Plötzlich lagen sie in deiner Hand. Sie wirkten nach wie vor erschreckend, doch in deiner Hand empfand ich sie weniger abstoßend.

Ich schloss die Augen. Die Bilder waren noch immer vorhanden, eingebrannt in meinem Kopf. Ich überlegte, wie lange ich es noch in deinem Zimmer aushalten könne, Minuten oder Sekunden, und in diese Überlegung hinein hast du gesagt, du möchtest Chirurg werden, aber du könntest kein Blut sehen und würdest das alles nur zur Übung machen. Es sei ganz einfach.

Leg dich aufs Bett, bitte.

Draußen lärmten die Spatzen, eine Katze schlich durchs Gras, und mit einem satten, weichen Geräusch fiel erneut ein Apfel vom Baum. Ich legte mich auf dein Bett.

Du hast mir die Strümpfe ausgezogen. Unter meine Beine wurde altes Zeitungspapier gelegt, es knisterte und kitzelte. Ich musste meine Jeans nach oben schieben, aber es ging nicht so weit, wie du es haben wolltest. Ich zog sie ganz aus und legte deine Bettdecke über meine Hüfte. So hast du mich noch niemals gesehen. Dann spürte ich etwas Kaltes an meinem linken Fuß. Als ich hinschaute, war alles rot.

Theaterblut, hast du gesagt und mir eine Tube mit einer roten Flüssigkeit gezeigt. Du hast auf meinem Fuß herumgemalt, Linien gezogen und mit einer Spritze eine dunkle Flüssigkeit aufgetragen, sie verwischt und dann kleine Partikel hineingelegt. Aus einer Schachtel unter deinem Bett hast du eine Polaroidkamera hervorgeholt und ein Bild gemacht.

Ich schaute erst meinen Fuß an, dann das Bild. Wenn ich nicht schon in deinem Bett gelegen wäre, hätte ich in Ohnmacht fallen können.

Die Blechbüchse zwischen meinen Beinen ist wie ein erkaltetes, totes Baby: Ich habe das Gefühl, ich müsste es wärmen, damit es wieder zum Leben erweckt wird.

So forme ich meine Hände um das kalte Metall, öffne den Deckel, schließe die Augen und greife hinein. Es knistert. Raschelt. Weiches gesellt sich zu Hartem. Du hast mir tausend kleine Dinge geschenkt oder gesagt, ich dürfe mir etwas aus deinem Zimmer aussuchen. So eine Freundin wie mich, die könne man nicht wieder finden. Es sei nicht genug, wenn du einfach nur *Danke* sagst und mich durch die Zimmertür wieder nach draußen schickst.

Paulinchen. Du und ich, das sind *wir*.

Zwischen meinen Fingern knistert ein Bonbonpapier. Sahne-Karamel. Meine Lieblingssorte. Eine Feder, die eine Mandarinente am Weiher verloren hat, streicht über mein Handgelenk. Die Kerne des Apfelbaums aus deinem Garten warten in einer durchsichtigen Tüte darauf, dass ich sie in die Erde setze.

Wenn wir einmal einen eigenen Garten haben, hast du gesagt, dann wachsen dort tausend Apfelbäume.

Ich blicke auf. Draußen hat sich Nebel um dein Haus gesammelt, das in einer kleinen Senke liegt. Er kriecht zwischen den Büschen entlang, umfasst den Stamm des Apfelbaums, verbirgt die Beete. Die Spitzen der Fichten schweben wie kleine Weihnachtsbäume über dem Nebel, und dann öffnet sich die Haustür. Eine vermummte Gestalt tritt vor das Haus, lange, dunkle Haare quellen unter einer Mütze hervor. Deine Frau?

Hektisch wische ich über die beschlagene Fensterscheibe, greife nach einem Tuch, die Blechdose fällt um und verschüttet ihren Inhalt zwischen den Sitzen. Ein Fluch quetscht sich durch meine Lippen, ich greife nach verstreuten Kleinigkeiten: Glasmurmeln und einer Eintrittskarte für das Kino, den winzigen Fächer einer Flamencotänzerin, die eine Playmobilfigur in der Faust gehalten hat. Als ich wieder nach draußen sehe, verlässt ein Wagen die Hofeinfahrt, und die roten Rücklichter gleiten langsam durch die hereinbrechende Dunkelheit.

Ich darf mir nicht vorstellen, dass du mit einer anderen Frau im Bett liegst, neben ihr am Frühstückstisch sitzt, sie küsst und auf ihrer Haut mit einem Grashalm entlangfährst. Diese Vorstellung schmerzt. Ich springe aus dem Bus und beginne zu laufen.

Wir trafen uns von nun an fast jeden Tag. Unsere Eltern hörten immer neue Begründungen: Ich sei in Mathe schlecht. Wir müssten ein Referat vorbereiten. Für die gemeinsame Theatergruppe den Text lernen, uns gegenseitig abfragen, Vokabeln pauken. Niemand schöpfte Verdacht, obwohl wir in unterschiedliche Klassen gingen.

Ich legte mich auf dein Bett, schloss die Augen und ließ mich bemalen. Mein Unterarm wurde zu einem offenen Bruch, aus dessen Wunde die Sehnen hingen. An meinem Hals quoll aus der Schlagader das Blut hervor und sickerte aufs Dekolleté. Hinterher hast du ein Bild mit der Polaroid gemacht, aber schauen durfte ich erst nach dem vereinbarten Zeichen: *Nach dem Piep.* Die Kamera spuckte das Bild aus, du hast es mit langsamen Bewegungen trocken gewedelt. Hinterher wuschen wir alles wieder ab, es war sehr einfach.

Dann hast du mich gefragt, ob du etwas mit meinem Herzen machen darfst.

Mit meinem Herzen?

Ich zögerte.

Du hast mir geholfen, den Pullover über den Kopf zu ziehen, mir mit einer beinahe schon zärtlichen Handbewegung die Haare aus dem Gesicht gewischt und hinters Ohr geklemmt. Der dünne Träger meines Unterhemds fiel wie von selbst zur Seite. Ich zog den weißen Baumwollstoff aus der Hose, schob ihn höher und höher, bis alles frei lag. Ich brauchte noch keinen BH, es war zu wenig.

Du bist so schön, hast du gesagt, und deine Stimme war nur noch ein Flüstern. Darf ich dein Herz klopfen hören?

Ich konnte meine Augen nicht schließen, ich musste zusehen.

Mit den Fingern hast du rote Farbe aufgetragen, zart und vorsichtig wie noch nie. Hellere Linien gezeichnet. Meine linke Brust sah aus, als hättest du die Haut darauf aufgeklappt und zur Seite gelegt. Wir waren so sehr mit uns beschäftigt, dass wir nicht bemerkten, wie draußen vor dem Zimmer Schritte über den Holzfußboden tappten. Dann ging die Tür auf, und deine kleine Schwester stand im Zimmer.

Ich kann nicht mehr sagen, wessen Schreck größer war: unserer, oder der deiner kleinen Schwester. Sie riss die Augen auf, weiter und weiter, doch bevor sie einen Schrei ausstoßen konnte, war ich bei ihr und hielt ihr mit beiden Händen den Mund zu. Joschi hat die Tür zugedrückt.

Noch niemals hatte ich mit jemandem so gekämpft wie mit deiner kleinen Schwester. Sie gebärdete sich wie wild, schlug um sich, wehrte sich mit Händen und Füßen, während du die Theaterfarbe aufgeräumt hast.

Gemeinsam versuchten wir, sie zu beschwichtigen.

Es ist ein Spiel. Wir üben für das Theater. Niemand ist verletzt, uns geht es gut. Alles ist nur Farbe. Schau doch.

Joschi hat mit einem Lappen über meine nackte Brust gewischt, die Farbe verschmierte, und alles sah noch schrecklicher aus.

Ich begann, deiner kleinen Schwester etwas zu versprechen. Sie würde einen Lutscher bekommen, eine Tafel Schokolade, ein Plüschtier, einen Hasen, ein Pony, ein Pferd.

Endlich beruhigte sie sich. Ihr Kopf war feuerrot, sie bekam fast keine Luft mehr. Ich nahm die Hand von ihrem Mund und sagte, sie möge mich anschauen. Mir geht es gut, da ist keine Wunde auf meiner Brust, das ist nur Farbe.

Sie schluckte. Nickte. Schaute mich an.

Dann sagte sie: Das sag ich.

Wieder versprach ich ihr etwas. Ich würde ihr ein Halstuch kaufen, auch eine Mütze, eine Barbiepuppe. Das war mein Fehler.

Deine kleine Schwester nickte. Sie würde nichts sagen. Es sei nun unser Geheimnis. Aber sie wollte eine Barbiepuppe haben.

Unser Spiel war vorbei. Wir konnten uns nicht mehr erinnern, warum wir die Tür nicht abgeschlossen hatten, vielleicht waren wir leichtsinnig geworden.

Deine kleine Schwester bekam ihre Barbiepuppe, und wir glaubten, damit sei die Sache erledigt. Wir irrten uns: Sie entwickelte sich zur großen Erpresserin. Wann immer sie uns sah, verlangte sie Schweigelohn für *unser* Geheimnis. Ein Spielzeug. Ein Überraschungsei. Gummibärchen. Manchmal öffnete sie mir die Tür, stand im Hauseingang und hielt wortlos die Hand auf.

Längst hatten wir mit unserem Spiel aufgehört. Du konntest mir keine Wunden mehr auf die Brust malen, mir keine offenen Brüche in den Oberschenkel zaubern. Blut floss nur noch, wenn ich mich mit dem Messer beim Abendessen aus Versehen tatsächlich in den Finger schnitt.

Als ich wieder einmal bei dir im Zimmer war, klopfte es. Deine kleine Schwester stand draußen. Sie blickte mich entschlossen an und sagte: Bald ist Weihnachten. Ich wünsch mir etwas. Sonst sag ich alles.

Mir ist kalt. Ich war so dumm. So eifersüchtig. So gedankenlos. So unbedacht. So hektisch. So plötzlich. So rasend. So intuitiv.

Meine Finger krampfen sich um eine Tasse Tee. Ich habe die Tür vom Campingbus offen stehen lassen, bin über die Wiese den Abhang hinuntergerannt und diesem Wagen hinterhergelaufen. Ich dachte, ich könnte ihn erreichen, die Frau näher sehen, sie etwas fragen: Was sie macht, ob sie hier wohnt, ob sie Kinder hat, ob Joschi ihr Mann ist. Ohne Jacke, ohne Mütze, ohne Schal. Ich rannte und rannte und sah nur die roten Rücklichter, die immer kleiner wurden und schließlich um eine Kurve verschwanden. Als ich stehen blieb, sah ich unser altes Haus. Davor die Straßenlaterne und das löchrige Pflaster und den Holzverschlag mit den Mülltonnen. Hier wohnte ich einmal, in einem Zimmer unterm Dach. Von dort wurde ich herausgezerrt, in einen Wagen verfrachtet und mitgenommen. Mutter hat aus dem offenen Küchenfenster geschaut und mir nachgerufen. Es würde alles gut werden. Es würde sich alles aufklären. Und alles sei ein Missverständnis. Paulinchen, sag ihnen, dass es ein Missverständnis ist. Sag es ihnen.

Deine kleine Schwester schleppte uns auf alle Weihnachtsmärkte in der Gegend, die irgendwie erreichbar waren. Dinkelsbühl. Ansbach. Feuchtwangen. Advent im alten Schulgarten in Großbreitenbronn. Sie quetschte sich zwischen uns hinein, nahm jeden an die Hand und führte uns hindurch. Sie wollte Popcorn und Zuckerwatte, hatte Lust auf Kinderpunsch und Bratwürste, verlangte bunte Sterne als Dekoration für ihr Zimmer, dazu Krippenfiguren. Als deine Eltern sich wunderten, warum ich alles bezahlte, meinte deine kleine Schwester, ich hätte sie eingeladen.

Mein Sparschwein war längst leer. Ich kratzte jeden Pfennig zusammen, bettelte meine Mutter an, sie möge mir einen Vorschuss auf das nächste Taschengeld geben, gab einem Mädchen aus der unteren Klasse Nachhilfe in Englisch. Es reichte nicht. Ich trug Prospekte aus und half in einem kleinen Blumenladen am Ort, Kränze zu binden.

Der Lichterglanz der Weihnachtsmärkte entwickelte sich zur Horrorvision. Deine kleine Schwester zog uns durch die Budengassen, drängte, verlangte, drohte und fand kein Ende. Wir gaben nach, uns blieb keine andere Wahl.

Deine Eltern nahmen mich mit zum *Sternlesmarkt* nach Wolframs-Eschenbach. Auch dort das gleiche Spiel: Ich will. Ich will. Ich will. Die *Fränkische Weihnacht* im Liebfrauenmünster schien unsere Rettung zu sein. Eine Stunde Schweigen. Deine kleine Schwester saß andächtig neben mir in der Kirche und hielt meine Hand. Welch schönes Bild, signalisierte das Lächeln deiner Eltern. Als der *Wolframs-Eschenbacher Dreigesang* Maria voller Inbrunst in den Dornwald schickte, beugte sich deine kleine Schwester zu mir herüber. Ihre geflüsterten Worte waren wie eine Ohrfeige: Ich will Schlittschuhe. Sonst sag ich alles.

Später suchte ich mir draußen auf dem Kirchplatz eine ruhige Ecke. Leichter Schneefall hatte eingesetzt. Ich sah deine kleine Schwester eindringlich an und nahm ihre Hände.

Du bekommst Schlittschuhe, sagte ich. Und dann ist Schluss.

Ein trotziges Gesicht schaute mich an. Die Unterkiefer pressten sich aufeinander. Sie nickte, doch ich glaubte ihr nicht.

Du, Joschi, hast die Schlittschuhe besorgt und mit in die Schule gebracht. Aus meinen Augen quollen Fragen: Was ist, wenn sie nie damit aufhört? Wenn sie immer weitere Forderungen stellt? Was ist, sag mir, Joschi, was ist ...?

Die Tüte mit den Schlittschuhen stand im Pausenhof zu unseren Füßen. Du hast mich in den Arm genommen und gesagt, wir würden das schaffen. Wir würden alles schaffen.

Was dann folgte, werde ich nie vergessen. Du hast mir eine Haarsträhne zur Seite gewischt, deine Lippen zuerst auf meine Stirn gedrückt, dann auf meinen Mund. Es war ein Versprechen. Deine Lippen so weich, dein Atem so nah und weiß, wie feiner Nebel. Alles drehte sich. Später ertönte der Pausengong.

Es hatte mehrere Nächte hintereinander gefroren. Die Weihnachtstage verrannen wie eine zähe Masse. Deine kleine Schwester drängte. Forderte. Machte geheime, versteckte, aber unmissverständliche Zeichen. Wenn nicht bald, dann ...

Ich verabredete mich mit ihr am Weiher. Allein. Du, Joschi, solltest nichts davon mitbekommen. Es war eine Sache zwischen deiner kleinen Schwester und mir. Nur wir beide. Das Eis. Die hereinbrechende Dunkelheit. Und die Schlittschuhe.

Noch vor der vereinbarten Zeit ging ich zum Weiher, unter dem Arm die Schlittschuhe. Ich hatte keine Ahnung, was ich tun würde, keinen Plan, nichts. Irgendetwas müsste geschehen.

Auf dem Eis lagen Steinbrocken, die andere Kinder darauf geworfen hatten, um zu testen, ob die Eisdecke schon hielt. Manche Steine waren halb eingesunken, andere lagen obenauf.

Ich legte die Schlittschuhe auf das Eis, suchte mir einen langen Stock und schob sie mit Schwung einzeln auf die Fläche. Sie kamen in der Nähe des Auslasses zum Liegen. Eine gefährliche Ecke, das wusste ich.

Dann bist du aufgetaucht. Schreckliche kleine Schwester von Joschi. Mit einer roten Mütze auf dem Kopf sah ich dich von eurem Grundstück aus zum Weiher laufen, die Lippen trotzig zusammengepresst. Dein Gesicht sagte alles: Du würdest niemals aufhören, nach einem Lohn für dein Schweigen zu fragen.

Mit der Hand wies ich auf den Weiher. Schau, dort sind deine Schlittschuhe.

Du hast nicht gefragt, wie du da rankommst. Es schien klar, was du zu tun hattest. Du bist vorsichtig auf das Eis getreten, auf die Knie gegangen und dann zu den Schlittschuhen gekrochen. Schlaues Kind, vielleicht hast du das irgendwo gesehen. Den ersten Schuh in der Hand machtest du dich auf den Weg zum zweiten, bäuchlings, den Blick zu mir gerichtet mit einem fiesen Grinsen im Gesicht. Du schaffst das. Dir gelingt alles. Dann hast du dich hingesetzt, die Schlittschuhe als Trophäe in deinen Händen. Plötzlich knackte es, und es ging abwärts. Deine Arme ruderten mit den Schlittschuhen, die du nicht loslassen wolltest. Sie schlugen auf die Eisdecke, machten sie immer weiter brüchig, das Loch vergrößerte sich.

Ich weiß nicht, warum du nicht geschrien hast. Hat dir das kalte Wasser den Hals zugeschnürt? Oder habe ich nur nichts gehört? Wollte ich nichts hören und habe mir die Ohren zugehalten, damit ich nur die aufgerissenen Augen, die rudernden Arme, deine rote Mütze sehen musste, die dir seitlich vom Kopf gerutscht war?

In einem jähen Erschrecken über das, was in diesem Moment tatsächlich geschah, habe ich den langen Stecken genommen und ihn dir gereicht. Dir zugerufen. Nimm doch. So nimm endlich und lass die Schlittschuhe los. Der Stecken war zu kurz. Ich wusste das. Ich suchte nach keiner Verlängerung. Rief niemanden herbei, half nicht wirklich. Es wurde dunkel. Irgendwann sah ich nur noch die rote Mütze, sie schwamm als dunkler Fleck auf dem Wasser wie der Punkt eines Ausrufezeichens. Ich ging nach Hause, schlüpfte in den Bretterverschlag und hockte mich hinter die Mülltonnen.

Du hast gesagt, vielleicht sehen wir uns lange nicht. Aber wir würden das aushalten. Wir würden alles aushalten, denn wir seien noch jung.

Lieber Joschi. Heute sind es siebzehn Jahre und 328 Tage. Du hast es nicht gewagt, mich auf die Stirn zu küssen, deine Eltern standen daneben. Vielleicht war es gut, dass ich damals noch nicht vierzehn war. Mutter hat das Haus später verkauft und ist fortgezogen. Sie konnte die Blicke und Fingerzeige der Leute im Ort nicht länger ertragen. Die Bewohner suchten sich neue Wege, spuckten vor unserem Haus auf den Gehsteig, wechselten die Straßenseite.

Sei froh, dass du nicht mehr hier bist, hat meine Mutter einmal gesagt. Beim Bäcker haben sie mir eines Tages kein Brot mehr verkauft.

Es ist dunkel. Der Nebel steigt aus der Senke neben deinem Haus zu mir herauf und hüllt alles ein. Eine Straßenlaterne wirft bleiches Licht durch die Nacht, wie ein Wegweiser für Verirrte. Letzte Blätter taumeln lautlos von den Bäumen, manchmal klopft ein einzelner Tropfen mahnend auf den Campingbus: Du musst noch etwas erledigen.

Meine alte, dunkle Jacke mit der Kapuze ist gerade gut genug. Ich schlüpfe hinein und gehe nach draußen. Gleich darauf verschluckt mich der Nebel. Das Gras ist feucht, unter meinen Schuhen schmatzt es.

Wie eine Katze schleiche ich zu deinem Haus, trete in den Garten, in die Hofeinfahrt; du hast noch immer keinen Gartenzaun. Durch einen Vorhang im Wohnzimmer dringt schwaches Licht. Bist du zu Hause?

Der Klingelknopf an deiner Haustür hat plötzlich spitze Stacheln, ich wage nicht, ihn zu berühren. Ein Bewegungsmelder erfasst mich, Licht strahlt auf, ich husche durch den Nebel davon wie ein aufgeschrecktes Tier.

Beim Bäcker war früher eine Telefonzelle. Gelb und hell und vor Regen schützend. Die Telefonzelle wurde erneuert und erinnert jetzt an einen Marterpfahl mit Dach. Beim Bäcker hängt ein Schild: *geschlossen*.

Meine Finger sind steif. Ich weiß noch immer deine Nummer. Vier kleine Ziffern, dazu die Vorwahl. Zitternd werfe ich Münzen in den Apparat, warte, erhole mich, schöpfe Mut. Dann ein Tuten. Fünfmal, sechsmal. Deine Stimme.

Hier ist der Anschluss von Joschi und Ramona Kerner. Leider sind wir im Moment nicht erreichbar. Bitte hinterlassen Sie Ihre Nachricht nach dem Piep.

Anne Hassel
Agentur für Weihnachtsengel

Früher liebte ich die Adventszeit nicht.

Mir graute vor diesen Tagen.

Graute vor den geschmückten Straßen Würzburgs, der Weihnachtsmusik und den kitschigen Dekorationsartikeln in den Kaufhäusern. Dem Weihnachtsmarkt, der sich rund um die Marienkapelle und noch weiter erstreckt. Den Menschen, die im Einkaufsstress durch die Gegend hasten und kaum einen Blick für die vielen Sehenswürdigkeiten der Stadt haben.

Das hat sich geändert.

Ich konnte es in diesem Jahr gar nicht abwarten, bis ich endlich das letzte Kalenderblatt für den November abreißen und das nächste betrachten konnte, das den Dezember anzeigte, den Monat, in dem sich mein Leben positiv verändern sollte.

Endlich hatte ich eine Aufgabe gefunden, eine, die sich hoffentlich lohnte, nach all den Jahren der Perspektivlosigkeit. Nach all dem Suchen, den vielen negativen Bescheiden, den unpersönlichen Absagen, wenn ich mich um eine Stelle bemühte.

Erst überlegte ich, ob ich in den Verleih beziehungsweise die Vermittlung von Nikoläusen, also von Männern in roten Gewändern und langen, weißen Bärten einsteigen sollte. Doch dann verwarf ich diesen Gedanken. Zu viele versuchen das schon, und damit schien es mir nicht mehr so lukrativ. Außerdem konnte der Nikolaus, zumindest meines Erachtens, nur am 5. Dezember und 6. Dezember kommen. Das war wahrlich nicht oft.

Ich aber hielt Ausschau nach etwas Ungewöhnlicherem, etwas, das es so in dieser Form noch nicht gab und das die ganze Vorweihnachtszeit über möglich war.

Meine Wahl fiel auf Engel.

Ich wollte Vertreter der Himmelsboten hier auf Erden etablieren.

Als Inhaberin einer Agentur für Weihnachtsengel.

Allerdings würden meine himmlischen Kinder nicht für zwei Jahre von einer Jury gewählt werden wie das Christkind in Nürnberg, dem sie in meiner Vorstellung ähnlich sehen sollten.

Meine hätten auch nicht die Aufgabe, den Weihnachtsmarkt zu eröffnen wie in der mittelfränkischen Stadt.

Das ist in Würzburg ja auch nicht üblich.

Meine Himmelsbotinnen, die in meiner Heimatstadt, dem Regierungssitz Unterfrankens, agieren sollten, würde ich mir alleine aussuchen. Für mein Geschäftsmodell stellte ich mir auch nicht nur einen Engel vor, sondern, wenn möglich, gleich mehrere. Schließlich musste sich die Vermittlung lohnen, und bei nur einem wäre mein Verdienst wahrscheinlich nicht berauschend.

Als ich mich zur Gründung einer Agentur entschloss, überlegte ich kurz, welche Unternehmensform ich wählen müsste, ob ich eine GmbH oder Ähnliches beim Gewerbeamt anzumelden hätte, entschied mich aber dagegen. Es wäre zu viel an Bürokratie, und so ließ ich das Unternehmen illegal laufen. Für himmlische Dienste fielen bestimmt keine Steuern an, und im weitesten Sinne war das Führen einer Agentur für Weihnachtsengel irgendwie dazuzurechnen.

Bereits im September hatte ich mit den Vorbereitungen begonnen.

Meine Erkundigungen bezüglich der Beschaffung von weißen Kleidern, Flügeln und blonden Perücken und den Kosten hierfür fielen ernüchternd aus. Zumindest für mich. Meine wenigen Ersparnisse ließen das Mieten dieser Utensilien für einen längeren Zeitraum nicht zu, und ich beschloss daher, alles selbst zu nähen und zu basteln. Doch meine Nähkünste reichten gerade mal für die Kleider. Beim Herstellen der Flügel versagten meine Kenntnisse bereits, und so musste ich das Geld angreifen, das ich für aller-, allerschlimmste Notfälle zurückgelegt hatte.

Wenn ich blonde Frauen finden würde, könnte ich mir wenigstens die Ausgaben für Perücken sparen.

Anfang November hatte ich endlich drei weiße Kleider fertiggestellt, deren Aussehen ich mit etwas gutem Willen mit Weihnachtsengeln in Verbindung bringen konnte. Mir kamen allerdings dann Zweifel, ob es nicht eine voreilige Handlung gewesen war. Ich kannte ja die Maße der zukünftigen Wesen aus dem Himmel noch gar nicht.

Das Finden ebendieser Himmelsbotinnen gestaltete sich anschließend äußerst schwierig. Ich wusste nicht, an wen ich mich wenden konnte, um passende weibliche Wesen zu rekrutieren. So fragte ich meine beste Freundin Ina, die im Haus gegenüber wohnt, ob sie nicht jemanden wüsste, der sich hierfür eignete. Eine Frage, die ich im Nachhinein zutiefst bereute.

»Ich!«, rief Ina. »Ich!«

Sie sprang so abrupt vom Küchenstuhl auf, dass ihre Kaffeetasse gefährlich schwankte.

»Mann! Das ist schon lange ein Traum von mir! Engel spielen! Himmlisch, einfach göttlich! Du hast so tolle Ideen! Und wir beide könnten Geld verdienen ...«

Zwei Schritte, und sie stand vor mir. Ina, knapp über fünfzig, mit dünnen braunen Haaren, die auf die schmale Schultern fielen, langgezogenem Gesicht, in dem die Wangenknochen hoch heraustraten, die Augen übernatürlich groß erschienen, die Nase an den Schnabel eines Geiers erinnerte, mit jetzt durch ein Lächeln nach oben gezogenen Lippen.

Ich schluckte.

Meinen Weihnachtsengel hatte ich mir wesentlich jünger und vor allem viel hübscher vorgestellt.

Mit der Antwort ließ ich mir Zeit, schenkte Kaffee nach, während mich Ina beobachtete.

»Weißt du ...«, fing ich an und versuchte den richtigen Ton zu treffen, denn Ina war äußerst sensibel, was Kritik an ihrer Person betraf, sehr schnell gekränkt und ihre Reaktion unberechenbar, wie ich im Laufe unserer langen Bekanntschaft schon des Öfteren feststellen musste, »... weißt du, ich habe eigentlich an jemand Jüngeren gedacht.«

Dass diejenigen, die ich für diesen Job in Erwägung zog, auch wesentlich besser aussehen sollten, vermied ich selbstverständlich zu erwähnen.

Die Gemütsverfassung meiner Freundin änderte sich blitzschnell. Sie blickte auf den Boden. Als sie dann aufsah, glitzerten Tränen in den Augen. Also hatte ich den richtigen Ton, trotz aller Vorsicht, nicht getroffen.

»Es gibt auch ältere Engel. Ältere als mich! Solltest mal in der Bibel nachlesen. Aber das hätte ich mir ja gleich denken können, dass du mich nicht willst! Immer hast du was an mir auszusetzen!«, stieß sie dann hervor.

Meine Entschuldigungen, meine Beteuerungen, ich würde sie als Person sehr schätzen, das wisse sie doch und jederzeit einstellen, nur eben nicht gerade als Engel, blieben ungehört. Ina drehte sich ohne ein weiteres Wort um, eilte durch den Flur, wobei jeder ihrer Schritte in den hochhackigen Schuhen ein lautes Klacken auf dem PVC-Bodenbelag verursachte und knallte die Eingangstür hinter sich zu.

Ich ärgerte mich über Ina, obwohl ich sie ja kannte, ihre Eifersucht, ihr Geltungsbedürfnis, ihr fast krankhaftes Streben, wenn sie etwas unbedingt wollte. Aber sie besaß auch durchaus gute Seiten, obwohl mir in diesem Augenblick gerade keine einfielen.

Deshalb war ich auch nicht sehr überrascht, als sie am nächsten Morgen bereits um 7:30 Uhr vor meiner Wohnungstür stand. Ihre Haare sahen aus, als wären sie in eine Steckdose geraten. Allerdings hatten sie eine andere Farbe als am Tag zuvor – sie waren blond, ein undefinierbares Blond, das mehr an ein schmutziges Grau erinnerte.

»Du sagtest doch, du suchst blonde Frauen.«

Sie sah mich an, nichts erinnerte mehr an den Gefühlsausbruch vom vergangenen Tag. Dann drückte sie sich an mir vorbei, stellte sich vor den Spiegel im Flur. »Voilà! Hier ist eine! Hier ist dein gesuchter Engel, dein gewünschtes himmlisches Kind!« Kokett drehte sie sich von einer Seite zur anderen. »Siehste, die Kosten für eine Perücke kannst du sparen. Na, wie gefalle ich dir?«

Ohne meine Antwort abzuwarten, lief sie tänzelnd in das Wohnzimmer, setzte sich auf das Sofa. Zu einem breiten Lächeln geformte Lippen gaben den Blick auf die leicht schief gewachsenen unteren Zähnen frei.

»Na, besser so? Gefalle ich dir jetzt? Bist du zufrieden?«, fragte sie erneut und fuhr mit den Händen durch die Haare.

Am liebsten hätte ich sie angeschrien, sie sollte gehen, mich in Ruhe lassen, mich nicht zwingen, ihr die Wahrheit zu sagen.

»Also ...«, fing ich vorsichtig an und sah zu dem großen Wecker auf der Anrichte, dessen kleiner Zeiger lautlos von einer Sekunde zur anderen sprang, »... also ich finde es ganz süß von dir, dass du dir solche Mühe gegeben hast, aber ...«

»Sag nichts! Sag nur nichts! Und vor allem nichts Falsches!«, unterbrach sie mich. Rote Flecken verteilten sich im hageren Gesicht.

»Sorry! Es ... es ist nicht ganz das, was ich mir vorgestellt habe, Ina.«

»Du bist so undankbar! Jetzt habe ich mir extra die Haare gefärbt! Hast du eine Ahnung, wie schwierig das ist, von dunkel auf hell! Und du willst meine Freundin sein! Wenn du es wirklich wärst, dann hättest du mir auch eine Chance zum Geldverdienen gegeben! Aber du denkst ja immer nur an dich!«

Ina rannte aus dem Wohnzimmer, durch den Flur. Ich hörte wie am Tag zuvor die Tür mit einem Knall hinter ihr zufallen.

Das war Anfang November gewesen.

Danach vermied sie jeden Kontakt mit mir, und ich traf sie auch nicht mehr. Nur an der sich leicht bewegenden Gardine im Haus gegenüber bemerkte ich, dass sie da war und mich beobachtete.

Die nächsten Tage im vorletzten Monat des Jahres vergingen rasend schnell, und noch immer gab es keine Himmelsbotinnen für meine Agentur.

Eine Zeitungsanzeige aufzugeben kam nicht infrage. Zu teuer.

Vielleicht interessierten sich Studentinnen für den Job, überlegte ich.

Um Kunden zu gewinnen, hatte ich bereits Handzettel mit dem Angebot zum »Verleih und Auftritt eines Weihnachtsengels« geschrieben. Hierin pries ich die Vorzüge meiner Himmelsbotinnen bei Weihnachtsfeiern in poetischen Sätzen an, verzierte die Schreiben und deponierte diese in Eingangshallen von großen und kleineren Firmen, Banken, Autohäusern und Geschäften.

Also verfasste ich jetzt ebenfalls Schriftstücke mit dem Aufruf an junge Frauen, sich doch bitte bei mir zu melden, um als Engel zu agieren. Beklebte die Schreiben mit goldenen Glitzersternen, verwies auf eventuelle lukrative Einkünfte, die doch gerade in der Vorweihnachtszeit willkommen sein dürften, und verteilte sie in den verschiedenen Gebäuden der Universität in der Stadt und am Stadtrand.

Leider mit mäßigem Erfolg.

Gerade mal eine Studentin meldete sich, und sie entsprach nicht meinen Vorstellungen von einem Engel. Mit ihr traf ich mich in einem Café nahe der Marienkapelle. Die Zweiundzwanzigjährige hatte pechschwarze Haare und überragte mich um mehr als eine Kopflänge. Zwei Gründe für die Ablehnung: Ich wollte beziehungsweise konnte keine blonde Perücke kaufen, und keines meiner Kleider würde ihr passen; sie waren definitiv zu klein.

Langsam bekam ich Panik.

Meine Geschäftsidee geriet ins Wanken.

Da erschien mir kurz vor Ende November in einem Bekleidungsgeschäft durch Zufall ein Engel in Gestalt einer jungen Verkäuferin. Sie entsprach genau meinen Vorstellungen und ließ mein Herz höher schlagen. Alles stimmte – das blonde, gelockte Haar, der schlanke Körper, der hundertprozentig in eines der Kleider passte. Das Gesicht hatte die Charakteristika des Kinderschemas und würde meinen potenziellen Kunden bestimmt genauso gefallen wie mir. Da war ich mir ziemlich sicher.

Ich tat so, als suchte ich nach etwas zum Anziehen, während ich die junge Frau, die ein paar Meter weiter Blusen auf einen Stapel schichtete, unauffällig beobachtete. Sie bewegte sich sehr anmutig, grazil, so wie ein Engel in meiner Vorstellung. Mit einem Pullover in der Hand trat ich kurz entschlossen zu ihr und fragte, ob sie diesen auch in meiner Größe hätte.

»Einen Augenblick, ich schau mal nach«, sagte sie und eilte davon.

Auch ihre Stimme begeisterte mich, hell ohne schrill zu sein, sehr angenehm.

Als sie wieder kam, fragte ich einfach: »Könnten Sie sich vorstellen, ein Weihnachtsengel zu sein?«

Sie hielt mitten in der Bewegung inne, sah mich an, ihr Blick überrascht, die Stirn schlug winzige Falten.

»Sie stellen aber seltsame Fragen! Sehe ich etwa so aus?«, gab sie mir zur Antwort.

Es klang ein wenig unfreundlich.

Ich bejahte und bat darum, schnell meine Geschäftsidee erklären zu dürfen.

Je mehr ich sagte, desto freundlicher wurde die junge Frau. Ja, sie lachte sogar.

Dem Himmel und allen, die sich dort aufhalten, sei Dank, denn nach einer Pause, die sich ein paar Sekunden dahinzog und in der ich von oben bis unten gemustert wurde, stimmte mein von mir gewünschter Engel zu, mit mir zu arbeiten.

»Mal was anderes, nichts Alltägliches, und dafür bin ich immer zu haben«, verabschiedete sie sich von mir.

Ich ergriff die ausgestreckte Hand, und wir verabredeten ein Treffen für den nächsten Abend nach Geschäftsschluss bei mir zu Hause in der Schustergasse zwischen Domstraße und Marktplatz.

Wie auf Wolken schwebend eilte ich in meine Wohnung zurück. Jeder einzelne Weihnachtsstern in den Geschäften, jede Girlande in den Straßen, die geschmückten Verkaufsstände, Christbäume, alles erschien mir wunderbar. In Gedanken sah ich mich Bündel von Geld zählen. Gut, bis jetzt arbeitete nur eine junge Frau für mich, aber was für eine! Und vielleicht war die Situation zum nächsten Advent besser, würden sich noch mehr junge Frauen für meine Geschäftsidee interessieren und als Engel bei diversen Weihnachtsfeiern auftreten.

Ich konnte es kaum abwarten, bis ich den Tag darauf nach Geschäftsschluss das Klingeln an meiner Tür hörte und Lucy, so hieß die Verkäuferin, vor mir stand.

Eines der weißen Gewänder passte perfekt. Ich hatte es gewusst!

Lucy schien sich zu gefallen. Sie stellte sich vor den Flurspiegel, wippte mit den Flügeln, die ich günstig besorgt hatte, lächelte. Ihr Ebenbild gab das Lächeln zurück.

Dezember.

Inzwischen waren auch die ersten Anfragen bezüglich eines Weihnachtsengeleinsatzes von Unternehmen eingetroffen. Am ersten Samstag im Monat fand in einer Bank eine Weihnachtsfeier statt, mein himmlisches Kind wurde gewünscht. Die Chefsekretärin am Telefon, die ich wegen der genaueren Absprachen anrief, erklärte sich mit einer Vergütung von zweihundert Euro einverstanden.

»Was muss ich dafür tun?«, fragte Lucy, als ich ihr von dem ersten anstehenden Arbeitseinsatz berichtete.

»Nicht viel! Eine kurze Rede halten, in der du mitteilst, dass du aus dem Himmel kommst, Geschenke, die dir die Sekretärin vorher überreicht und die mit Namen beschriftet sind, an die betreffenden Betriebsangehörigen verteilen. Mach dir keine Gedanken, alles ist genau geregelt.«

Inzwischen duzten wir uns.

»Hört sich gut an. Ich bin so gespannt«, sagte Lucy.

Sie sah hinreißend aus, als sie an dem besagten Abend in ihrem Flügelgewand vor mir stand. Sie trug goldfarbige Schuhe, die sie selbst mitgebracht hatte, ebenso wie den breiten goldenen Gürtel.

Ich begleitete sie vom ersten Stock nach unten. Dort wartete ein Taxi, das sie nach Grombühl, einen Stadtteil von Würzburg, brachte.

Bevor ich die Haustür wieder hinter mir schloss, blickte ich zum Nachbarhaus. Der Vorhang bewegte sich leicht.

Wir hatten vereinbart, dass Lucy sich nach jedem Arbeitseinsatz wieder bei mir melden beziehungsweise mit dem Taxi zu mir kommen sollte. Das Finanzielle, wir teilten uns das Geld, erledigten wir dann sofort. Um 23:00 Uhr erschien eine lustige, kichernde Lucy, die mir hundert Euro auf den Wohnzimmertisch legte – die Kosten für das Taxi gab ich ihr separat –, erzählte, dass sie viel zu viel getrunken und dass ihr der Job sehr viel Spaß bereitet habe.

»Ich freue mich schon auf den nächsten Einsatz«, sagte sie, zog das Engelskostüm aus, schlüpfte in Pullover, Jeans und Wintermantel.

»Bis Donnerstag«, rief ich ihr im Treppenhaus hinterher.

Dieses Mal hatte ein kleines Unternehmen mit gerade mal sieben Angestellten Lucy gebucht. Der Mann, mit dem ich bezüglich des Honorars verhandelte, schluckte hörbar am anderen Ende des Telefons, als ich ihm den gewünschten Betrag nannte, doch dann stimmte er zu.

»Meinst du, die sind sauer, weil du so viel verlangt hast?«, erkundigte sich Lucy, als sie in ihr weißes Kleid mit den Flügeln schlüpfte, die bei jeder Bewegung hin und her wippten.

»Ich denke nicht. Allerdings wollen die, dass du noch was singst!«, antwortete ich.

Lucy wurde ein wenig blass. »Ich kann das aber nicht!«

»Doch, du kannst das! Es muss auch nicht schön sein«, versuchte ich sie zu trösten, bevor sie entschwand.

Leicht nervös wartete ich auf ihre Rückkehr. Irgendwie war es nicht fair von mir gewesen, das mit dem Singen. Doch als Lucy kam, verflogen meine Bedenken. Wie beim ersten Einsatz strahlte sie, sie schien dieses Mal allerdings noch mehr getrunken zu haben.

»Es war so himmlisch«, hickste sie. »Die waren alle supernett, vor allem, als ich aus so einer riesigen rosa Torte kam und Alle Jahre wieder sang. Ich glaube, im nächsten Jahr buchen die mich wieder. Hast du vielleicht noch einen Tropfen Rotwein für mich?«

Ich schenkte ihr ein Glas Wein ein, mir auch, und dann ließ ich sie auf meiner Liege im Wohnzimmer schlafen. Es wäre unverantwortlich gewesen, sie nach Hause in die Theaterstraße laufen zu lassen, obwohl das nicht sehr weit von mir entfernt ist.

Danach pokerte ich etwas höher als zuvor, was die Geldforderungen für den Einsatz des Weihnachtsengels betrafen. Bei unserem dritten Kunden verlangte ich dreihundert Euro. Es handelte sich um die Weihnachtsfeier einer großen Firma, und ich fand, die könnten das zahlen. Die Verhandlungen hierfür waren zwar zäh, viel zäher als bei dem kleinen Unternehmen und der Bank, doch als ich nicht aufhörte, von Lucy als Engel zu schwärmen, stimmte meine Verhandlungspartnerin, die Firmeninhaberin persönlich, endlich zu.

»Sie werden es nicht bereuen«, sagte ich, und Lucy meinte nach Ablauf des Abends, als sie ihre eigenen Kleidungsstücke eine Stunde vor Mitternacht wieder anzog, es wäre so gewesen. Jedenfalls habe sie nur gute Rückmeldungen erhalten, vor allem von den vielen männlichen Weihnachtsfeierteilnehmern, von denen einige den weiblichen Engel auch anfassen wollten. Wo könne man das denn sonst noch – oder?

Lucy fand das nicht so schlimm.

Siebenmal wurde mein himmlisches Kind für Veranstaltungen gebucht.

Siebenmal agierte Lucy auf irgendwelchen Betriebsfeiern.

Siebenmal verdienten wir Geld, das wir schwesterlich teilten.

Siebenmal fuhr sie mit dem Taxi zu den Weihnachtsfeiern hin und wieder zu mir zurück.

Dann kam das achte Mal.

Lucy sollte zu einem Betrieb im Mainviertel unterhalb der Marienburg.

»Dieses Mal laufe ich das Stück durch die Domstraße und über die alte Mainbrücke. Es ist ja nicht weit«, sagte sie.

»Kein Taxi? Bist du dir sicher?«, vergewisserte ich mich nochmals. Mir wäre es lieber gewesen.

»Ja! Es ist so schön, wenn die Leute mich ansehen. Wenn sie mir zulächeln. Du glaubst gar nicht, wie toll das ist.« Lucy schlüpfte in die goldfarbigen Schuhe.

»Aber es ist ziemlich kalt! Es wurde für heute Nacht Frost gemeldet! Und vielleicht schneit es auch«, wandte ich ein und reichte ihr einen weißen Schal.

»Ich habe einen Pullover und ein langärmeliges T-Shirt unter dem Kleid«, antwortete sie, lachte und die Flügel an dem Kleid wippten.

»Weißt du, ich gebe den Menschen, die mir begegnen, vielleicht schon ein wenig Weihnachtsgefühl. Und bestimmt ist das für unser Geschäft nicht schlecht. Wahrscheinlich bekommen wir dann im nächsten Jahr noch mehr Aufträge. Mann, wäre das geil!«

»Geil sagt ein Engel nicht, schon gar kein Weihnachtsengel«, scherzte ich und begleitete Lucy, wie immer, nach draußen.

Sie winkte mir zu, als sie die unterste Stufe im Treppenhaus erreichte. Das war das Letzte, was ich von ihr sah.

Ich wartete bis lange nach Mitternacht.

Öffnete dann mehrmals das Fenster, um nach Lucy Ausschau zu halten. Beugte mich hinaus in die Kälte. Atmete ein, aus, kleine Wölkchen verloren sich in der

Dunkelheit. In der Schustergasse bewegten sich Leuchtsterne an grünen Girlanden leicht im aufkommenden Wind. Ich blickte hinüber zum Nachbarhaus in ein unbeleuchtetes Fenster, nahm schemenhaft eine Gestalt wahr, undeutlich nur, wusste aber, wer es war.

Lucy hätte schon vor Stunden wieder zurückgekehrt sein müssen. Es bestand doch die Vereinbarung, dass sie sich meldete, von der Feier berichtete, wir abrechneten, sie ihre Alltagskleidung anzog und nach Hause ging. Sie hatte sich immer daran gehalten. Gegen Morgen versuchte ich, bei der Firma, von der der Auftrag gekommen war, anzurufen. Dachte, vielleicht dauerte die Weihnachtsfeier länger als üblich.

Doch es meldete sich niemand.

Auch bei Lucys Handy antwortete nur die Mailbox.

Sie wird gleich zu sich in die Theaterstraße gegangen sein, tröstete ich mich, obwohl ich es mir nicht vorstellen konnte und ein ungutes Gefühl hatte.

An Schlaf war nicht zu denken.

Von Lucy hatte ich auch am nächsten Vormittag noch immer nichts gehört. Abermals versuchte ich auf ihrem Handy anzurufen. Wieder nur die Mailbox.

Um 12:00 Uhr ging ich in das Geschäft, in dem sie arbeitete.

»Nein, Lucy ist noch nicht da«, sagte die Verkäuferin, die ich fragte.

Ob sie sich für heute freigenommen habe, wollte ich wissen.

»Nein! Sie müsste schon längst ihren Dienst angetreten haben.«

Der Nachmittag verging.

Die Dämmerung setzte ein, früh, sehr früh.

Ich schaltete das Radio an, um mich abzulenken.

»Heute in den frühen Morgenstunden hat ein Jogger eine junge Frau in den Grünanlagen unterhalb der alten Mainbrücke gefunden. Sie wurde erstochen«, sagte ein Sprecher mit emotionsloser Stimme.

Mir wurde kalt.

»Sie war blond und mit einem weißen Gewand bekleidet. Da sie keinerlei Gegenstände bei sich trug, konnte sie noch nicht identifiziert werden. Sachdienliche Hinweise nimmt jede Polizeidienststelle entgegen«, fuhr er fort.

Mechanisch zog ich meinen Mantel, meine Schuhe an. Lief durch den Flur, durch das Treppenhaus nach draußen, fuhr zum Polizeipräsidium in der Frankfurter Straße. Wie in Trance machte ich meine Aussage, dass ich Lucy vermisste und vermutete, sie sei die Tote.

Der Polizeibeamte wollte wissen, weshalb ich das annehme. Ob ich eine Verwandte sei – und stellte noch weitere Fragen, an die ich mich nicht mehr erinnere. Ob ich Lucy beschreiben könne.

Ich erzählte ihm von dem Job, dass Lucy ein Weihnachtsengel gewesen sei, mein Engel, deshalb das weiße Gewand und die Flügel getragen habe.

Der Mann unterbrach mich.

»Flügel?«

Er schaute auf den Computerausdruck, der auf dem Tisch vor ihm lag.

»Sagten Sie – Flügel?«

»Ja, Flügel. Engel haben doch welche«, erklärte ich leise.

»Die Tote trug keine Flügel. Nur ein weißes Kleid, einen weißen Schal, goldfarbige Schuhe und einen breiten, goldenen Gürtel.«

»Ist sie ... erstochen worden?«, flüsterte ich, obwohl es der Sprecher des Radiosenders schon gesagt hatte.

Der Beamte nickte.

»War sie gleich ...?«

»Ich darf Ihnen keine weitere Auskunft geben. Es tut mir leid. Wissen Sie, ob Lucy Angehörige hier in Würzburg hatte?«

Ich antwortete nicht. Ging ohne ein Wort des Abschieds nach draußen. Die kalte Luft kühlte mein erhitztes Gesicht. Ich konnte an nichts anderes denken, nur – warum Lucy? Warum sie? Wer konnte so einer liebenswürdigen Person etwas antun?

Zu Hause ließ ich das Licht aus. Die Dunkelheit wirkte tröstender.

Als es an der Wohnungstür klingelte, der schrille Ton die Stille durchbrach, erschrak ich.

Tastete mich durch den Flur, mit den Händen an der Wand entlang.

Öffnete die Tür.

Da stand Ina.

Ihr Blick wirr.

Sie trug ein weißes, langes Hemd.

In der Hand hielt sie die Flügel meines Weihnachtsengels.

»Und? Nimmst du jetzt mich?«, fragte sie.

Helwig Arenz
Kalte Rache

Nachtspeicheröfen sind doch die dümmste Erfindung der Welt. Man muss immer zwölf Stunden vorher wissen, ob man es am nächsten Tag warm haben will. Man kann die Temperatur nicht regeln. Und im Winter kann man die Dinger gar nicht benutzen, weil es zu teuer ist. Ich liege also in der Kälte und hauche hasserfüllte Wölkchen ins Zimmer. Ich sehe ihnen zu, wie sie nach oben steigen und sich an der Zimmerdecke sammeln. Sie warten, bis sie zahlreich genug sind, um meine Wolkenschlösser anzugreifen, die auch da oben schweben und schon lange nicht mehr bewohnt sind. Alle meine Tagträume sind schon längst aus ihnen ausgezogen. Meine Tagträume waren: den Winter hauptsächlich bei meiner Geliebten verbringen. Krankgeschrieben werden, um die Scheißkollegen nicht mehr sehen zu müssen – und ein Stipendium fürs Nichtstun, das ich aber bisher im Internet noch nicht gefunden habe. All das ist zerschlagen. Und ich meine zerschlagen! Mein Gesicht ist etwas deformiert, es ragt aus dem Deckenberg hervor, und ich finde es ganz gut, dass die Kälte im Raum es leicht betäubt.

Er hat mich erwischt. Schlau hat er es angestellt, das muss man ihm lassen.

Heute Vormittag habe ich den Daunenberg nur zweimal verlassen, einmal, um zu scheißen, und noch einmal, um nachzusehen, ob das Zimmer den Schnaps auf der Vitrine schon auf Trinktemperatur heruntergekühlt hat. Hat er, ein Glück. Prost, Janina!

Meine Geliebte: Wir haben uns bei der Weihnachtsfeier der Innung kennengelernt. Haben zusammen an einem Stand die Bowle ausgeschenkt und Kuchen verkauft. Sie ist mir zuerst nicht weiter aufgefallen, aber ich habe auch nicht gerade nach einer Frau Ausschau gehalten. Sie fror die ganze Zeit und zog sich die Ärmel über die Fäuste. Außerdem war ihr langweilig. Ich vermute, das war der Grund, warum sie mich überhaupt ansprach.

»Der Typ da mit dem Vokuhila – was macht der im richtigen Leben?«, flüsterte sie mir plötzlich zu.

»Welcher?« Ich verstand gar nicht, was sie von mir wollte.

»Der mit der gelben Hose!«

»Keine Ahnung, ich kenne ihn nicht«, erwiderte ich etwas ungehalten, während ich Himbeeren von einer der Torten pulte.

»Klar kennst du den nicht«, sagte sie, »aber was denkst du, was er macht?«

»Er hat in den Achtzigerjahren eine Zeitmaschine erfunden und sie, so wie er war, ausprobiert.«

Sie lachte, und so spielten wir Beruferaten. Zu dick, zu dünn, zu hip, zu ungepflegt – keiner, der an unserem Stand vorbeilief, kam ungeschoren davon. Bald konnten wir niemandem mehr Bowle einschenken, ohne vor Lachen alles zu verzittern.

Später stand sie gedankenverloren auf den Zehenspitzen und wankte hin und her. Stützte sich nur mit zwei Fingern auf den Tisch und sah ins Leere. Auf einmal gefiel sie mir. Ich versuchte, charmant zu ihr zu sein, aber da wurde sie komisch. Ich bekomme beim Flirten mit Frauen immer so eine seltsame weiche Stimme, dagegen kann ich gar nichts machen. Und das hörte sich billig an, fand ich. Ich hasste es. Also ließ ich es. Als sie auf dem Klo war, griff ich schnell mal in die Kasse. Nahm mir ein paar Scheine raus und wollte sie einstecken. Da hörte ich ihre Stimme hinter mir: »Was machst du da?«

Ich zuckte zusammen.

»Hab mir nur was rausgenommen.«

»Leg das Geld zurück!«, fuhr sie mich richtig böse an.

»Nur einen Fünfer!«, verteidigte ich mich. »Für Zigaretten, nur geborgt.« Wir wussten beide, dass es gelogen war, aber ich ließ die Scheine in meiner Tasche verschwinden. Der Rest des Abends verlief relativ schweigsam. Am Ende kamen die Leute und holten ihre Kuchenreste und die gespülten Platten ab. Dann machte ich die Abrechnung. Janina stand da und schaute mir ganz genau auf die Finger.

»Jetzt lass mich!«, rief ich ärgerlich. »Du machst mich ganz nervös, ich verrechne mich dauernd!«

Nachdem wir unser Zeug geholt hatten, standen wir noch ganz kurz draußen bei den Aschenbechern herum. Das Schweigen war komisch.

»Hast du jetzt 'ne Zigarette?«, fragte sie plötzlich, ihre Stimme klang rau. Ich schüttelte den Kopf. Da zog sie ihre Wollhandschuhe aus und drehte mir eine. Ganz kurz, glaube ich, hat sie gelächelt.

Am nächsten Tag, auf dem Heimweg, stand sie draußen auf einmal vor mir. Ich war völlig überrumpelt. Sie arbeitete doch gar nicht hier!

»Du kannst mich ja jetzt auf einen Kaffee einladen«, sagte sie. Das machte ich dann eben.

»Kuchen krieg ich auch dazu!«, verkündete sie fröhlich und fügte hinzu: »Geld hast du ja jetzt genug.« Ich zuckte die Schultern. Schließlich hatte sie mich in der Hand.

Später im Café sah sie mir direkt in die Augen.

»Warum hast du das gemacht? Gestern auf dem Fest, meine ich«, fragte sie.

»Weiß nicht. Weil es sich so angeboten hat.«

»Hast du kein schlechtes Gewissen?«, bohrte sie nach. Ich schüttelte den Kopf und schnaubte verächtlich.

»Aber du kannst doch nicht einfach Geld aus der Kasse nehmen! Machst du so was?«, fragte sie.

»Ja, manchmal«, antwortete ich und schaute sie an, so wie ich mich fühlte, nämlich miserabel, wütend und hilflos.

Und dann habe ich sie für den Abend auf einen Glühwein eingeladen, warum wusste ich auch nicht. Sie kam.

»Janina ist ein schöner Name«, sagte ich. »Hast du schon mal was geklaut?« Sie lachte und schüttelte den Kopf.

»Dazu habe ich nicht die Nerven!«, rief sie, warf mir danach aber einen Blick zu, in dem irgendetwas Seltsames lag.

Später beugte sie sich über den Tisch und küsste mich. Aber ich konnte nichts tun, brachte nur ein schiefes Lächeln zustande und sah dann auf meinen Teller.

»Was ist? Liebeskummer?«, fragte Janina fröhlich und strahlte mir ihre gute Laune direkt in die Augen.

»Ich fühle mich irgendwie stumpf«, erklärte ich. »Immer wenn ich mich mit einer Frau verabrede, dann freue ich mich nicht. Es stresst mich einfach nur.« Sie lachte.

Als wir uns zum Abschied umarmten, küsste sie mich noch mal. Ich legte ihr behutsam meine Hand auf eine Brust. Sie ließ es zu. Ich tat es nicht aus Lust. Einfach nur so, weil es nichts bedeutete. Aber vergessen konnte ich die Berührung nicht, als ich abends wach im Bett lag.

Gleich am nächsten Tag rief ich sie an. Ich wollte sie wiedersehen.

»Was machen wir?«, fragte sie mich. Darüber hatte ich mir keine Gedanken gemacht, ich dachte, es würde reichen, sich in irgendein Café zu setzen. Sie tat enttäuscht.

»Wollen wir uns zum Klauen verabreden?«, fragte sie mich plötzlich. Ich sagte zu, und wir trafen uns nachmittags in der Innenstadt.

»Wie macht man das?«, wollte sie wissen, als wir vor dem Drogeriemarkt standen.

»Ich zeig's dir.«

Wir gingen in mehrere große Geschäfte, stürzten uns in den Weihnachtstrubel, hatten einen Heidenspaß und blödelten herum.

»Hast du jetzt hier was mitgehen lassen?«, fragte sie nach jedem Geschäft. Immer zeigte ich ihr dann etwas: einen schimmernden Flakon, einen teuren Reiseführer, einen Pappzylinder mit edlem Whiskey. Und sie: »Krass, ich hab nichts gemerkt.«

So fing das an mit uns.

»Nein, lass uns zu dir gehen!«, drängte sie eines Abends. Sie wollte mit mir schlafen, hatte mich die ganze Zeit berührt und gestreichelt, und ich dachte, wenn das jetzt unbedingt sein muss, dann können wir doch auch zu ihr gehen! Aber ich hatte keine Chance. Eine halbe Stunde später sperrte ich meine Wohnung auf. Es war kalt.

»Ich weiß, dass es hier scheiße ist«, sagte ich kleinlaut, »ich wollte dich nie hier reinlassen!«

»Mach sofort die Heizung an!«, forderte sie in gespielter Empörung. Ich bat sie, leise zu sein, die Polizei sei das Letzte, was ich in meiner Wohnung gebrauchen könne. Warum die Polizei, fragte sie. Die Nachbarn seien Kackärsche, erwiderte ich. Dann sah sie es.

Meine Wohnung war kalt und kahl, es war wenig darin. Aber überall in den Ecken standen Bücher aufgetürmt, das waren teure Bildbände und Sachbücher, alles noch eingeschweißt. In einer anderen Ecke standen Parfumtester, mindestens eine Kiste voll. In einer anderen lagen technische Kleingeräte – natürlich nicht mehr verpackt, sonst hätte ich sie nicht durch die Pieper gekriegt.

»Ach deswegen das mit der Polizei. Du hast ja komplett ein Rad ab!«, flüsterte Janina.

»Jetzt denkst du, ich bin kriminell oder was?«, fragte ich sie. Etwas rau. Ich hatte keine Lust, mich vor ihr zu rechtfertigen.

»Ich sehe das richtig, dass du das Zeug alles geklaut hast?«, fragte sie vorsichtig.

»Ja.«

»Und was machst du damit?«

»Verkaufen. Auf eBay oder amazon. Das bringt richtig viel«, erklärte ich.

»Wie viel?«, fragte sie. Ich zeigte es ihr. Gab ihr meine teuersten Stücke in die Hand und rief im Netz die entsprechenden Seiten auf.

»Irre wertvoll, diese Bücher!«, rief ich begeistert. Janina war nicht so begeistert. Ich kannte das. Hatte es schon bei Freunden erlebt. Diese seltsame Zurückhaltung auf einmal.

»Jetzt findest du mich seltsam.« Ich war trotzig und stand auf. Janina sagte eine Weile nichts, sah mich nur hilflos an. Dann kicherte sie plötzlich.

»Ich finde dich schon die ganze Zeit seltsam.«

»Ach, dann geh doch heim!«, rief ich wütend.

Aber Janina ging nicht heim. Sie zog ihren Mantel aus und begann, mich aufzutauen.

Es war eiskalt. Wir hörten Musik und tranken Schnaps aus langstieligen Gläsern.

»Ich hab einen Freund«, erklärte sie.

»Setz dich auf den Teppich«, bat ich. Sie tat es und zog fröstelnd ihre Knie an den Körper. Ich sah, wie sich ihre Hose über ihrem Schritt spannte. Das war schön. Auf ihrem Scheitel stand eine Haarsträhne ab, sie hatte eine Mütze getragen. Ich sagte: »Meinetwegen kannst du so festfrieren. Das ist das schönste Bild, das ich seit Langem gesehen habe.«

Sie lachte und murmelte: »Und es ist auch nur ein gestohlenes Bild.«

Ich verteilte Kerzen um den Teppich und machte Feuer, Licht und Wärme.

Als ich mich an sie schmiegte, tat sie so, als sei sie eine Frau aus Eis. Wir lachten, und ich zog ihr Stück für Stück die Kleider von den steifen Gliedern.

»Kälte macht die Haut schön«, flüsterte sie. Und später, als wir miteinander geschlafen hatten und beieinander lagen: »Hauch mir ein Eiswort auf die Haut!«

Als sich die Härchen auf ihren Armen aufstellten und ihre Haut zitterte, rollte ich uns beide einfach in den Teppich hinein. Wir hatten so viel Spaß.

Ihr Freund:

Janina hat es ihm irgendwann erzählt, das mit uns. Am

Telefon. Da hat er geweint und gefleht, sie möge zu ihm kommen. Das hat sie gemacht, und dann hat er sie so lange terrorisiert, bis sie vor Elend und Angst in den Keller gegangen ist und die Nacht lang auf einem Bierkasten saß und heulte. Sie hat mir später davon erzählt, und auch, dass sie die ganze Nacht gefroren hat. Sie hat so gefroren, dass sie noch mehr weinen musste. Da ist ihr plötzlich etwas eingefallen: Sie hat das Oberteil hochgestreift und sich ihren Bauch angesehen. Wie ihre Haut da nun immer kälter wurde, seien plötzlich die Eisworte erschienen, die ich ihr darauf gehaucht hatte. »Ich hab dich gestohlen. Du gehörst zu mir!« Das gab ihr Mut, die Nacht zu überstehen. Eine Nacht lang, die sie sich nicht in die eigene Wohnung getraut hat.

Mit mir machte er es folgendermaßen: Weil Janina ihm erzählen musste, wie wir uns kennengelernt haben, wusste er meinen Vornamen und wo ich arbeite. Entweder hat er meinen Nachnamen mit irgendeinem Trick vom Pförtner erfahren, oder er ist im Gebäude gewesen und hat die Dienstpläne gesehen. An meine Adresse zu kommen wird dann auch nicht mehr schwer gewesen sein. *Konrad – Fensterbau und Montage* hat mich nicht beschützt.

Die Dunkelheit half ihm, sonst hätte ich ihn gesehen. Er wartete auf dem alten, vermüllten Baugrund. Da stehen Container herum, die niemand mehr benutzt, deren farbloses, verbeultes Blech zwischen Gesträuch und Müllsäcken hervorschaut. Weil ich mein Fahrrad schob, hatte ich die Hände erst viel zu spät frei, um sie über meinen Kopf zu halten. Ein Schatten im Mondlicht war alles, was ich sah, ein Schatten, der ziemlich wehtat, immer wenn er auf mein Gesicht prallte. Das tat er dreimal. Irgendwie kam ich unter meinem Fahrrad zu liegen und hielt mir das Gesicht. Er stand kurz da, überlegte wahrscheinlich, was er jetzt machen sollte, und da konnte ich ihn genauer anschauen. Ich fand seine Augen so scheußlich, richtig ekelhaft, als seien sie aus Scheiße und würden aus den Höhlen auf mich heruntertropfen. Ich hielt mir schnell die Hände vor den Mund und musste würgen. Was er in den Augen hatte, war einfach selbstgerechte, überhebliche Aggression. Er hätte jetzt auch einfach gehen können. Machte er aber nicht. Stattdessen überlegte er es sich anders und trat noch ein paarmal heftig nach.

Jetzt sollte ich etwas unternehmen, meldete sich mein Verstand zurück. Ich versuchte, unter dem Rad hervorzukommen, aber ich hatte eine denkbar schlechte Position. Also begann ich, um Hilfe zu rufen. War meine Stimme eigentlich dazu gemacht, stille Eisblumen auf vernachlässigte Frauenkörper zu hauchen, brüllte ich jetzt so laut ich konnte, und griff durch das Rad und schlug nach ihm.

Als er weg war, kam ein Nachbar, der garantiert schon eine Weile in der Dunkelheit gestanden hatte, half mir auf und fragte, ob er die Polizei rufen solle. Da ich noch laufen konnte und es mir schien, als sei nichts gebrochen, winkte ich ab. Absurd, wie man doch noch in den dümmsten Situationen den Helden spielt oder ein falsches Ehrgefühl seinem Rivalen gegenüber hegt. Alles für den Arsch!

Einen Tag später konnte ich mich wieder im Bett drehen. Ich erntete viele verkrustete Klumpen aus meiner Nase und züchtete schöne, große blaue Flecken. Als die Schwellung der linken Gesichtshälfte nachgelassen hatte, begann ich mir Gedanken zu machen, wie es weitergehen sollte. Janinas Anrufe nahm ich noch nicht entgegen. Ich schrieb ihr nur drei Worte, von denen ich selbst nicht genau wusste, was sie bedeuten sollten: liebe eiskaltes ende.

Eiskaltes Ende:
Wir waren eine ganze Zeit lang zusammen. Janina war irgendwann zu mir gezogen, hatte Wärme und Gemütlichkeit gebracht. Sie hatte das mittelmäßige Arschloch verlassen. Für mich. Aber das reichte mir nicht.

Nachts lag ich wach und dachte an Janina. An die verheulte, verängstigte Janina, wie sie im kalten Keller auf ihrem Bierkasten saß und sich nicht nach oben traute. Außerdem fühlte ich mich vor ihr gedemütigt, egal wie sehr sie versuchte, mich mit ihrer guten Laune aufzurichten. Ich hatte mich zusammenschlagen lassen. Ich war ein erbärmlicher Verlierer. Wir waren beide erbärmliche Verlierer.

»Komm! Wir nehmen die Abkürzung!«, rief sie eines Abends auf dem Heimweg und sprang fröhlich vom Gehsteig auf den Trampelpfad. Aber ich blieb wie angewurzelt stehen.

»Nein, lass uns die Straße langgehen«, erwiderte ich leise und sah zu Boden. Mein Gesicht brannte vor Scham. Ich nahm ihre Hand und zog sie weiter. Vorbei an der dunklen, schattigen Brachfläche, an der undurchdringlichen Schwärze, in das schützende, warme Licht der Laternen. Ich brauchte kein Wort zu sagen: Ich hatte Angst. Es war peinlich, es war unvernünftig. Aber ich hatte Angst. Angst vor dunklen Parkplätzen, einsamen Spaziergängern in der Nacht und formlosen Schatten auf dem Weg. Unter unserem betretenen Schweigen hörte man es auf einmal: ein überhebliches Lachen. Das Lachen eines Gewinners.

Den Sommer über hatten wir es schön. Aber als es wieder kalt wurde, wurden meine Gedanken düster.

»Was ist denn das für ein Schlüssel?«, fragte ich Janina eines Tages. Sie antwortete nicht sofort. Seufzte. Ich machte mich schon auf irgendein Geständnis gefasst, einen neuen Geliebten vielleicht, aber sie sagte: »Von meinem Ex. Von seiner Wohnung.« Ihre Blicke tasteten die Falten in meiner Stirn ab, dann erklärte sie: »Ich hatte keine Lust, ihn zurückzugeben. Wollte einfach nicht noch mal Kontakt aufnehmen müssen. Ist das schlimm für dich?« Ich zuckte mit den Schultern. Sah in meinen Kaffee. Es war eigentlich nicht schlimm für mich. Trotzdem sagte ich: »Aber du könntest ihn wenigstens von deinem Schlüsselbund tun.«

Janina nahm ohne zu zögern ihre Schlüssel und versuchte, mit ihren langen, schönen Fingernägeln den Metallring auseinanderzuspreizen. Ich kam ihr zu Hilfe, löste den Schlüssel und warf ihn in den Mülleimer. Janina konnte ihn nicht wieder herausholen, etwas in meinem Blick hielt sie davon ab.

»Schau nicht so traurig«, sagte sie, streichelte mir über die Wange und ging aus dem Zimmer.

An einem hässlichen, kalten Tag fuhr ich in die Stadt und betrat zum ersten Mal seine Wohnung. Sie erschreckte mich, weil sie so ordentlich war. Das Wohnzimmer war in einem freundlichen, hellen Orange gestrichen. An den Wänden hingen dunkel glänzende Grafiken von schnellen Autos in Kunststoffrahmen. Ein künstlicher

Christbaum mit roten Kugeln und Lichterkette stand in einer Ecke auf einer Plastikdecke. In dieser Welt gab es keine Frauen, die ihre Männer betrogen. Kurz kam es mir vor, als hätte ich mich in der Tür geirrt. Es war nichts mehr da, was an Janina erinnerte. Wahrscheinlich gab es sie in seinem Leben nicht mehr. Wahrscheinlich gab es nur noch *die Fotze*, von der er ab und zu bei einem Bier seinen Freunden erzählte.

Ich sah Gerrit auf einem Foto auf dem Schreibtisch und erkannte ihn sofort wieder. Seinen Namen hatte Janina nur ein- oder zweimal in meiner Gegenwart genannt. Ich wollte auf das Foto spucken, sein kleines Papiergesicht in meiner Verachtung ertränken. Aber so einfach würde ich es mir nicht machen. Ich suchte weiter, stöberte und fand ein Album. Ja, da war er als Kind. Ein richtiger Mensch, ein kleiner, mit richtigen Augen, die begierig schienen, die Welt zu verstehen. Zu lernen, wie man sich hier benahm, wo die Großen wohnten. Wie man hier redete, wenn man ein Mann war und wie man sich verhielt, wenn man eine Frau war. Diese felsenfeste Überzeugung war es gewesen, die damals in jener Nacht in seinem Gesicht gelegen hatte.

Sag mal, Janina, hat er dich jemals gefragt, warum du fremdgegangen bist? Hat er dich jemals angestupst und gelacht und gestanden, dass er auch manchmal Lust auf jemand anderen hat? Und dich gebeten, ob ihr nicht herausfinden könnt, woher das kommt und was man da machen kann. Ich warf das Album zurück ins Regal.

Dann setzte ich mich eine Weile auf die makellose Couch. Ein niedriger Glastisch stand davor, ich beugte mich darüber, nach rechts und nach links, aber ich sah keine Spiegelung. Nichts.

Ich spürte auch gar nichts. Es war nicht aufregend, ich fühlte keine Schuld und auch keine Befriedigung, hier zu sein. Auf einmal ging eine Tür. Ich sprang vom Sofa und stand da wie gelähmt, wusste nicht wohin. Eine Sekunde später wurde mir klar, dass das nicht hier gewesen war, nicht in dieser Wohnung. Es war die Tür der Nachbarn.

Mir war heiß geworden, heiß und eng um den Hals. Ich zog meinen Pullover aus, aber das nützte nichts. Mein Puls raste. Also ging ich zum Fenster und öffnete es. Kühle Luft strömte mir entgegen. Der Rahmen des Fensters war verzogen, das fiel mir gleich auf. Ganz automatisch, aus Gewohnheit, untersuchte ich die Angeln. Ohne nachzudenken lockerte ich deren Plastikabdeckung. Ich nahm mein Werkzeugtool aus der Tasche und löste nun auch die Schrauben. Schließlich hob ich das Fenster herunter, stellte es auf den Boden und atmete tief durch. Schneeregen peitschte mir ins Gesicht.

Ich ging von Zimmer zu Zimmer und hängte die Fenster aus. Wohin damit? Ich trug sie ganz nach unten und lehnte sie im Hausflur an die Wand, wie sonst auch, wenn ich Fenster tauschte. Alles wie immer, wie bei einem Kunden. Ganz gedankenversunken. Ich stellte mir vor, wie Gerrit nach Hause kommen und sie neben der Haustür sehen würde. Er würde sich wundern, und dann würde er in seine Wohnung kommen. Ich musste grinsen. Als ich mit der Arbeit fertig war, zog ich meinen Pullover wieder an und wollte gehen.

Aber ich ging nicht. Ich sank wieder auf das Sofa. Irgendetwas hielt mich fest. Ein Gedanke? Nein, eine Schwäche. Eine Leere. Ich ließ meine Gedanken laufen, und sie liefen ins Badezimmer. Versteckten sich dort. Gerrit kam hinein, verschlafen und mit zerzausten Haaren. »Guten Morgen!«, sangen meine Gedanken unhörbar. Gerrit sah in den Spiegel. Er starrte sein Bild in den Spiegel hinein, dann griff er hin und zog es von der glatten Fläche ab. Rollte es zusammen und steckte es ein. Der Spiegel war stumpf geworden. Das Bild würde er seinem Vater geben oder seiner Mutter oder seinem Chef. Irgendjemandem, der ihm bestätigen würde, dass es passte. Ich legte meine Hände auf den Glastisch, der nicht spiegelte. Dann hörte ich Schritte auf der Treppe. Ich stand auf. War er es diesmal? Oder wieder nur ein Nachbar. Aber die waren doch schon gekommen! Im Flur drückte ich mich in die Dunkelheit. Wer auch immer da kam, er war schon fast da. Die Türen!, schoss es mir durch den Kopf, mach die Türen zu! Schnell zog ich sie alle zu, der eisige Luftstrom versiegte, ich war in Stille und Schwärze. Nur durch das Milchglas sah ich im erleuchteten Flur einen verschwommenen Umriss. Versteck dich!, befahl ich mir selbst. Aber meine Füße bewegten sich nicht. Ich stand wieder da, wie damals auf der Brachfläche, schockiert und gelähmt. Als würde ich nach innen fallen – man versucht, einen Gedanken zu fassen zu kriegen, um nicht ins Bodenlose zu stürzen, aber es ist keiner da. Ich hörte den Schlüssel im Schloss. Er drehte sich, die Tür ging auf, und da stand er. Eine große, raschelnde Masse Mensch. Und ich war hinter der geöffneten Tür. Zwischen uns war nur das Milchglas, wie ein einziger, undeutlicher Augenblick. Als er die Tür schloss, war ich durch die Klotür verschwunden. Er hatte mich noch nicht bemerkt.

Ich höre Gerrit, wie er Geräusche macht, atmet und seufzt. Er zieht die Jacke aus. Mir rinnt der Schweiß in den Kragen. Mein Atem ist zu schnell. Ich kann nichts denken, nur, dass ich das Klofenster vergessen habe.

Gerrit stellt seine Schuhe auf den Boden. Er ist jetzt direkt an der Klotür. Ich höre, wie er sich aufrichtet. Mein Atem sprengt etwas in mir, die Splitter spritzen in alle Richtungen, sie versengen meine Arme und Beine.

Aber er kommt nicht. Die Tür bleibt zu. Gerrit geht in die Küche, sie ist direkt nebenan.

Ich kann mich einfach nicht mehr verstecken. Schleiche raus, stehe kurz im Flur herum, unschlüssig, da ist Gerrit, er starrt regungslos auf die leere Fensteröffnung. Dann dreht er sich um. Als er mich sieht, erschrickt er so sehr, dass er aufkreischt.

»Nicht erschrecken! Nicht erschrecken!«, rufe ich, die Hände beschwichtigend nach vorne gestreckt.

»Der Vermieter hat Sie vermutlich nicht erreicht?«, höre ich mich sagen.

Gerrit verzieht das Gesicht, will einen Schritt auf mich zu machen.

»Schlüssel immer nach außen!«, sage ich. Zu laut. Fast panisch. Aber er stockt, er ist irritiert. Ich fummle mit nassen Händen den Küchenschlüssel aus dem Schloss. Gerrit ist auf einmal da und packt die Tür.

»Hä?«, ruft er.

Aber ich bin schneller. Schramme ihm die Tür übers Gesicht, schlage sie zu. Er taumelt in die Küche. Schlüssel ins Schloss, absperren.

»Hä?«, schreit Gerrit, dann ist es erst mal kurz still. Meine Hände zittern.

Am Anfang hat er geflucht und mir gedroht, aber ich habe nichts mehr gesagt. In der Küche war kein

Heizkörper, das war richtig Glück. Wie es dann immer kälter geworden ist, wurde er immer leiser. Er hat nur immer wieder gesagt: »Die Polizei ist schon unterwegs«, wie ein Mantra, aber das stimmte nicht, sein Handy habe ich nämlich in der Jackentasche gefunden. Mir wurde auch richtig kalt, aber ich fand es schön, noch ein bisschen dazubleiben, weil ich gemerkt habe, dass ihm nicht wohl dabei war, mich zu hören, aber nicht zu wissen, was ich mache. Die Sicherungen habe ich ausgeschaltet. Da wurde es auch noch dunkel bei ihm. Ich wollte, ehe ich gehe, noch irgendetwas machen. Ja, wie soll ich sagen, ich wollte irgendwie in seine Intimität eindringen, ihm etwas wegnehmen. Es sollte ihm wehtun. Also habe ich in der Wohnung nach persönlichen Sachen gesucht, Sachen, die man aufhebt, weil sie einem was bedeuten. Es war nicht leicht, so was zu finden. Gerrit schien sich eher über teure Sachen zu definieren. Aber am Ende fand ich einen Ordner voller Urkunden: Zeugnisse aus der Grundschule voller Einser und guter Bemerkungen, seine Fahrradprüfung, das Seepferdchen, das Abiturzeugnis, Abschlüsse von unzähligen Kursen, die er gemacht hatte: Erste Hilfe und was nicht noch alles. Und dann Sporturkunden. Ein ganzer Ordner voller Bestätigungen. Den nahm ich mit.

Als ich Gerrit verließ, war er still. Ich verschloss die eiskalte Wohnung von außen und brach dann den Schlüssel ab.

Auf der Straße peitschte mir der Eisregen ins Gesicht, aber ich lächelte, schlug den Kragen hoch und beeilte mich, nach Hause zu kommen.

»Du bist ganz durchgefroren«, schimpfte mich Janina
aus. Sie sah so schön aus. Hatte eine Strumpfhose an
und ein Hemdchen drüber, sonst nichts.

»Mir ist so kalt«, quengelte ich in gespielter Qual,
»mir ist so kalt.«

»Ach komm her, Liebster. Das haben wir gleich«,
lachte sie und nahm mich in die Arme.

Bernd Flessner
Goldrausch

»Mensch, Fritz! Wir brauchen ja noch etwas für die Erna!«

»Die Erna! Die hätten wir jetzt fast vergessen!«

Werner Sinder leerte den Glühweinbecher und stellte ihn auf die hölzerne Theke.

»Was schlägst du vor?«, fragte Fritz Blaufuss.

»Das weißt du doch! Alles, was mit Weihnachten zu tun hat. Also alles, was es hier zu kaufen gibt.«

»Gut, dass dir das noch eingefallen ist. Da hätten wir am Sonntag ganz schön alt ausgesehen«, sagte Blaufuss erleichtert. »Und der Erna, der müssen wir was bieten. Vorhin hab ich doch so einen tollen Nussknacker gesehen. Einen König mit goldener Krone und einem Schwert. Was meinst du?«

»So ein Trumm hat sie schon. Steht im Wohnzimmer in der schmalen Vitrine. Aber lass uns mal nach links gehen. Wir finden schon noch etwas.«

Sinder und Blaufuss verzichteten auf eine weitere Runde Glühwein und hielten Ausschau nach einem weihnachtlichen Geburtstagsgeschenk, denn Erna hatte am 25. Dezember Geburtstag und liebte Weihnachten über alles.

»Die moderne Krippe da, das wär doch was. Sogar mit einer Palme und den drei Weisen. Die hat sie bestimmt noch nicht.«

»Stimmt. Die hat sie noch nicht.«

»Also? Worauf warten wir?«

»Die hat sie nicht, weil sie modern ist«, entgegnete

Sinder. »Die passt doch gar nicht in ihre Sammlung. Die Erna, die steht nun mal auf Tradition.«

»Aber die Krippe, die ist doch aus Holz! Und wunderbar geschnitzt!«

»Modernes Zeug kommt nicht infrage. Weihnachten ist nicht modern«, brummte Sinder. »Und Erna ist auch nicht modern, die wird sechsundsiebzig.«

Die beiden Cousins drangen unvermittelt in eine Bratwurstduftwolke ein, aus der sie sich nur dank großer Willensstärke wieder befreien konnten.

»Nicht hinsehen!«, mahnte Blaufuss und packte Sinder am Ärmel. »Erst müssen wir das Geschenk finden. Du weißt doch, wie Tante Erna ist. Außerdem willst du doch eines Tages auf dem Erbschein stehen.«

Eine Gruppe Japaner stellte sich ihnen in den Weg, konnte sie aber auch nicht aufhalten. Gegen alle Widerstände, die der Nürnberger Christkindlesmarkt aufbot, pendelten sie von Stand zu Stand. Räuchermännchen, Schneekugeln, Weihnachtstrolle, Christbaumkugeln, Zwetschgenmännla. Nichts ließen sie aus.

»Dass die Erna auch so auf dieses Weihnachtszeug steht!«, maulte Blaufuss.

Sinder entgingen die Worte, denn sein suchender Blick war plötzlich einem verlockenden Glanz erlegen. Langsam hob er seinen rechten Arm und wies mit dem Finger auf einen nicht weit entfernten Stand, dessen Auslagen in der Weihnachtsbeleuchtung funkelten. Sprachlos zog ihn der ausgestreckte Arm zu dem Stand hin.

»He! Wart doch mal!«, rief ihm Blaufuss hinterher und folgte ihm durch eine Menschentraube.

»Das isses!«, hauchte Sinder und zog sich seine Pudelmütze vom Kopf.

Auch sein Cousin war geblendet. Minutenlang wanderten ihre Blicke von einem Engel zum nächsten.

»Die Erna hat zwar schon einen«, brach Sinder die Funkstille. »Aber nicht so einen.«

»Da ist ja einer schöner als der andere«, staunte Blaufuss, der zwar einen kahlen Kopf hatte, aber nie eine Mütze oder einen Hut trug.

»Der große da. Mit dem grünen Kleid. Der wär doch was«, schlug Sinder vor.

»Ne, der kleine mit den geschwungenen Flügeln«, widersprach Blaufuss, bevor sein Blick einen Engel traf, der kein Preisschild besaß. »Jetzt hab ich ihn. Das ist Ernas Engel!«

Sinder riss seine Augen auf und wurde ebenfalls sofort von dem Engel bezirzt, dessen Kleid und Flügel wie echtes Gold glänzten.

»Rauschgold«, stellte Blaufuss fest. »Das ist bestimmt noch echtes Rauschgold. Aus Messing geschlagen. Hauchdünn. Fast wie Papier. Das gibt es heute gar nicht mehr. Die verwenden längst billige Bastelfolie. Aber der da, der ist noch echt.«

»Woher willst du das denn wissen? Bist du unter die Kunstexperten gegangen?«

»*Kunst & Krempel*«, antwortete Blaufuss.

»Und was soll das sein?«

»Mensch, Werner! Du kennst *Kunst & Krempel* nicht? Die Kultsendung im Bayerischen Fernsehen?«

»Bei uns läuft nur Krimi und Sport.«

»Egal. Da wurde jedenfalls kürzlich so ein Goldrauschengel vorgestellt. Der sah ganz genauso aus wie dieser und war aus dem 18. Jahrhundert«, dozierte Blaufuss.

»Dann ist er ja genau richtig für die Erna!«, strahlte Sinder. »Den nehmen wir!«

»Nicht so eilig, Werner. Der Engel in der Sendung war nicht gerade billig.«

»Na und? Wir sind zu zweit. Und für die Erna haben wir schon immer etwas tiefer in die Tasche gegriffen.«

»Der Engel in *Kunst & Krempel* hat fast 10.000 gebracht«, raunte Blaufuss.

»10.000!?«, wiederholte Sinder mit skeptischem Blick. »Für einen alten Rauschgoldengel?!«

»Nicht so laut!«, mahnte sein Cousin trotz der allgemeinen Christkindlesmarktkakofonie. »Das muss nicht gleich jeder wissen!«

»Die spinnen doch!«, ließ sich Sinder nicht so leicht bremsen. »So viel Geld für ein bisschen Messingblech und einen Porzellankopf.«

»Jetzt halt doch mal dein Maul!«, fuhr ihn Blaufuss barsch an und trat ihm auf den Fuß.

»Au!? Was soll das denn?«

»Halt endlich dein Maul!«, fauchte Blaufuss. »Wie oft soll ich das denn noch sagen? Und dann sieh dir den Engel genau an. Was siehst du?«

»Ist ja schon gut«, murrte Sinder und stülpte sich die blaue Pudelmütze wieder über seinen runden Kopf. »Ich sehe einen Rauschgoldengel. Aus dem 18. Jahrhundert. Wahrscheinlich hat ihn der Inhaber als Deko aufgestellt. Um zu zeigen, wie lang es diese Tradition schon gibt.«

»Weiter!«

»Weiter nichts. Er steht zwischen den anderen Engeln, den neuen.«

»Weiter!«

Sinder machte ein Gesicht wie ein Aischgründer Weihnachtskarpfen am Heiligabend.

»Na, er steht da einfach so da!«, erklärte Blaufuss. »Einfach so. Als wäre er ein ganz normaler Engel.«

»Aber jeder sieht doch, dass der nicht normal ist, dass das ein alter Engel ist.«

»Wie müsste er demnach ausgestellt werden?«, half Blaufuss nach.

Sinder behielt das Karpfengesicht bei, bis der berühmte Groschen fiel.

»In einer Glasvitrine! Denn der Engel ist ja ein Vermögen wert.«

»Na endlich!«, schnaufte Blaufuss. »Und was könnte der Grund sein, warum der Inhaber dieser schönen Bude darauf verzichtet?«

Diesmal war Sinder schneller und kehrte zu seinem normalen Alltagsgesicht zurück.

»Weil er gar nicht wertvoll ist!«

Blaufuss schüttelte oberlehrerhaft den Kopf.

»Weil er gar nicht weiß, wie wertvoll sein alter Engel ist!«

»Bravo!«

»Dann sollten wir es ihm sofort sagen!«, schlug Sinder umgehend vor. »Bevor jemand den Engel ...«

Blaufuss legte seinem Cousin die Hand auf den Mund und sah ihm tief in die Augen. Erst als diese Augen plötzlich wuchsen, zog er seine Hand zurück.

»Wir kaufen den Engel!«

Blaufuss nickte und setzte ein diabolisches Grinsen auf.

»Aber das wird nicht einfach«, wandte Sinder ein. »Der schöpft doch sofort Verdacht.«

»Wir müssen es eben geschickt anstellen.«

»Ist das eigentlich legal? Ich meine, kriegen wir da nicht Ärger?«, trug Sinder erneut einen Einwand vor.

»Wenn wir den Engel an seinem Stand ordnungsgemäß erwerben? Wohl kaum! Erst recht nicht, wenn wir erst später den Wert erkennen. Kauf ist Kauf.«

Jetzt fing auch Sinder an zu strahlen und schwenkte seinen Blick langsam auf den Engel. Keine zwei Meter von ihm entfernt reichte der Inhaber, ein nicht mehr ganz junger Mann in Tracht, einem japanischen Kunden einen seiner Engel.

»Arigatō.«

»Dōzo. Bitte, gern geschehen«, sagte der Mann in Tracht.

Wortlos zog Blaufuss seinen Cousin von dem Stand weg und blieb erst stehen, als sie eine Bude mit Räuchermännchen erreichten.

»Bah! Stinkt das Zeug!«, maulte Sinder. »Aber das Rauchen haben sie überall verboten!«

»Riecht doch gut! Ich weiß gar nicht, was du hast? Weihnachtlich. Gemütlich«, entgegnete Blaufuss. »Wie bei Erna.«

»Es stinkt trotzdem! Von mir aus eben weihnachtlich.«

»Gut, dann gehen wir noch einen Stand weiter«, sagte Blaufuss und zog seinen Cousin hinter sich her. Diesmal hatten sie Christbaumkugeln erwischt.

»Ist das dem werten Herrn genehm?«, fragte Blaufuss.

»Schon besser.«

»Gut. Dann lass uns in aller Ruhe überlegen, wie wir an den Engel kommen.«

»Wir könnten uns als Sammler ausgeben«, schlug Sinder spontan vor.

»Eine gute Idee! Dann schöpft garantiert niemand Verdacht!«, konterte Blaufuss mit giftigem Ton. »Mensch, der riecht doch sofort den Braten!«

»Jetzt lass mich doch mal ausreden«, wehrte sich sein Cousin. »Wir stellen uns als Sammler vor und taxieren den Preis. Sagen wir, auf 250 Euro. Wir spielen dabei guter Cop, böser Cop. Ich meine natürlich, guter Sammler, böser Sammler. Wir treiben den Preis selber hoch. Verstehst du? Und landen dann bei ... sagen wir ... 300 Euro. Der gute Sammler meint dann natürlich, das sei viel zu viel, und geht wieder runter.«

»Und dann schlägt der Budenbesitzer zu, denn er will natürlich die 300 haben«, ergänzte Blaufuss. »Gar nicht mal so schlecht. Hätt ich dir nicht zugetraut. Dein Plan hat nur einen Fehler: Wir haben keine 300 Euro.«

»Aber wir haben Geldkarten!«

Blaufuss zog seine Brieftasche aus dem Mantel und zählte kleine Scheine.

»30 und ein paar Cent.«

»Und ich hab gut 50. Fehlen also noch ...«

»... 220. Die spukt der Automat bestimmt aus. Jeder holt 110. Mensch, das müsste gehen«, sagte Blaufuss, machte dann aber ein nachdenkliches Gesicht. »Anderseits ... 300 Euro ist 'ne Menge Kohle. Und dann ist da noch etwas. Der Budenbesitzer weiß doch von Anfang an, was wir wollen.«

»Das ist ja gerade das Raffinierte an dem Plan. Wir reden nicht um den heißen Brei herum. Wir verbergen unsere Absichten nicht, sondern sagen klipp und klar, was wir wollen. Das wirkt total ehrlich.«

Blaufuss kratzte sich am Kopf und sah auf den Boden. In einer Pfütze spiegelten sich die unzähligen Lichter des Christkindlesmarktes.

»Noch ein Glühweinchen wäre jetzt nicht schlecht. Nur zur Stärkung«, schlug Sinder vor, erntete aber einen finsteren Blick von seinem Cousin.

»Du spinnst wohl! Wir müssen einen klaren Kopf haben«, sagte Blaufuss, grübelte noch einige Sekunden und fällte eine Entscheidung. »Dein Plan hat noch einen Haken. Sammler treten nie in Rudeln auf. Die kommen immer allein.«

»Sicher?«

»Sicher!«

»Wer macht den Sammler?«, fragte Sinder.

»Ich mache den Sammler. Du doch wohl eher nicht!«

»Aber was mache ich ...?«

»Wir versuchen es vorne und hinten«, flüsterte Blaufuss. »Ich mache vorne den Sammler, du versuchst, von hinten in die Bude zu kommen. Du hast doch gesehen, wo die kleine Tür ist. Wenn ich den Verkäufer auf die linke Seite locke, kannst du dir rechts den Engel greifen und verschwinden. Das dauert nur ein paar Sekunden. In dem Gedrängel findet dich kein Schwein.«

Sinder sah seinen Cousin mit offenem Mund an.

»Aber ich bin doch seit Jahren sauber ...«

»Ach was! Zieh dir die Mütze vors Gesicht und mach schnell. Wer soll dich da erkennen?«

»Und wenn ich nicht ...?«

»Dann zieht vielleicht die Nummer mit dem Sammler, und ich kaufe ihm den Engel ab. Okay?«

Jetzt sah Sinder auf den Boden, rieb sich das Kinn und nickte schließlich.

Die beiden Cousins kämpften sich durch die Weihnachtshungrigen aus aller Welt, widerstanden mehreren Glühweinverlockungen und reihten sich in die Schlange vor dem Geldautomaten ein. Nicht nur sie hatten Liquiditätsprobleme.

Der alte Rauschgoldengel war noch da. Er stand inmitten der neuen Engel, die deutlich kleiner waren. Blaufuss nahm ihn noch einmal unter die Lupe und nickte.

»Kein Zweifel. 18. Jahrhundert. Es ist ein echter Engel. Wie bei *Kunst & Krempel*.«

Ein paarmal gingen sie vor dem Stand auf und ab, um den richtigen Zeitpunkt abzuwarten. Die Engel gingen gut. Viele von ihnen würden in Hamburg oder Tokio eine neue Heimat finden. Die Lücken schloss der Inhaber umgehend, indem er sich bückte und aus einem unsichtbaren Lager Nachschub besorgte. Nur der alte Engel blieb derselbe und warb für seine jungen Geschwister.

Eine Gruppe Berliner machte sich zum Abrücken bereit.

»Jetzt!«

Sinder tauchte in der Menge unter, während Blaufuss eine halbwegs seriöse Miene aufsetzte und sich vor dem Objekt der Begierde aufbaute. Sein simulierter Kennerblick kannte nur den alten Rauschgoldengel. Es dauerte nicht lange, und der Inhaber lächelte ihn an.

»Kann ich Ihnen helfen?«

»Können Sie«, antwortete Blaufuss. »Mein Name ist Traugott. Waldemar Traugott. Ich bin Sammler von Engelfiguren aller Art. Seit Jahren schon. Und zufällig habe ich diesen alten Engel bei Ihnen entdeckt.«

»Der ist aber nicht zu verkaufen«, lächelte der Inhaber. »Ein Familienerbstück. Ich stelle ihn immer auf, damit die Menschen sehen, wie lange es die Rauschgold-engel schon gibt.«

Blaufuss ballte seine rechte Faust in der Tasche und hatte Mühe, sein souveränes Lächeln und seinen Kennerblick beizubehalten, der nun nicht mehr am Engel klebte, sondern hin und wieder zur kleinen Tür schräg hinter dem Budenbesitzer flog. Sie bewegte sich keinen Millimeter.

»Könnten Sie in meinem Fall nicht eine Ausnahme machen?«, versuchte Blaufuss den Mann in Tracht zu überzeugen. »Ihm käme auch ein würdiger Platz in meiner Sammlung zu.«

»Werter Herr«, lächelte der Inhaber und strich sich durch den Schnurrbart. »Ich sagte doch schon, dass dieser Engel unverkäuflich ist. Selbst für 100 Euro würde ich ihn nicht hergeben.«

Die schmale Holztür verharrte regungslos. Trotz der niedrigen Temperaturen spürte Blaufuss, dass Schweißperlen auf seiner Stirn sprossen. Dabei klang das Angebot des Budenbesitzers gar nicht so schlecht. Er hatte also noch Luft nach oben.

»Es müssen ja nicht 100 sein. Wie wäre es denn mit dem Doppelten?«

Der Inhaber nahm die Finger aus seinem gepflegten Bart und sah ihn überrascht an.

»200? Meinen Sie das ernst?«

Blaufuss nickte jovial und ließ das Türchen nicht aus den Augen, während sein Gegenüber den Engel betrachtete, als sähe er ihn zum ersten Mal.

»Den Engel hab ich von meiner Oma bekommen.«

Die kleinen Rauschgoldengel, die an der Tür hingen, begannen ganz leicht, mit ihren Flügeln zu schlagen.

Blaufuss lächelte, machte ein paar Schritte nach rechts, um sich einen anderen großen Engel anzusehen.

»Die modernen finde ich persönlich nicht so gelungen«, stellte er mit seinem erzwungenen Kennerblick fest. Der Inhaber wandte sich von seinem Erbstück ab und folgte Blaufuss auf der anderen Seite der Theke.

Die kleinen Engel an der Tür tanzten Ballett.

»Also mir gefallen sie«, entgegnete der Mann. »Aber was ist jetzt ...?«

Das Türchen flog auf.

Blaufuss hielt die Luft an.

Es war nicht Sinder.

Der trug niemals ein Dirndl.

Das Türchen schloss sich hinter einer Frau, die einen großen Karton auf den Boden stellte.

»Du hättest mir wenigstens die Tür aufmachen können«, rief sie ihrem Mann zu und verschwand wieder. Die Engel an der Tür tanzten zum Abschied Samba.

Eine Hand legte sich auf die rechte Schulter von Blaufuss und ließ ihn zusammenzucken. Neben ihm stand Sinder mit verlegenem Blick.

»Nichts zu machen«, sagte sein Cousin leise.

»200 sagten Sie?«, brummte der Inhaber und kehrte zum Engel seiner Oma zurück.

»Mach schon«, flüsterte Sinder.

»Also gut. 250. Das ist aber das Äußerste«, erhöhte Blaufuss schwitzend sein Angebot.

»250?«, wiederholte der Inhaber ungläubig und warf Blaufuss einen herausfordernden Blick zu.

»Nein«, lächelte Sinder. »Mein Freund gibt Ihnen sogar 300. Aber das ist das letzte Wort.«

»Halt! Warten Sie! Für 300 können Sie den Engel

haben!«, gab der Verkäufer in letzter Sekunde nach.

»Gemacht!«, lächelte Sinder und ermahnte Blaufuss: »Komm, jetzt gib ihm schon das Geld.«

Mit missmutiger Miene zog Blaufuss seine Brieftasche aus dem Mantel und tat so, als würde er über einen größeren Vorrat an Scheinen verfügen. Umständlich stellte er die 300 Euro zusammen und reichte sie dem staunenden Inhaber, der die Scheine in seiner Trachtenhose verschwinden ließ und Blaufuss den alten Engel reichte.

»Reservieren Sie ihm einen guten Platz in Ihrer Sammlung!«, sagte er zum Abschied.

Blaufuss verbarg den Engel sofort unter seinem Mantel und tauchte mit seinem Cousin in der Menge unter. Schon nach wenigen Sekunden waren sie aus dem Blickfeld des Inhabers verschwunden. Er konnte weder das triumphale Grinsen der beiden Sammler sehen noch deren Freudenschreie hören.

»Was wollten die zwei komischen Vögel denn?«, fragte die Frau im Dirndl, die mit einem zweiten Karton neben ihrem Mann erschien.

»Du wirst es nicht glauben. Die wollten unbedingt den Engel von der Oma.«

»Das alte Ding? Das glaub ich nicht. Du meinst den Engel, den sie nach dem Krieg gebastelt hat? Den du immer vorne mit reinstellst?«

»Genau den.«

»Der fällt doch fast auseinander. Der besteht doch nur aus Papier und Goldbronze. Und der Kopf ist aus Kerzenwachs.«

»Aber jetzt halt dich fest! Der Engel war denen 300 Euro wert«, strahlte der Inhaber und hielt seiner Frau die Scheine unter die Nase.

Sabine Fink
Zwischen Himmel und Erde

Der Mann hatte die alte Holztür weit offen stehen lassen. Die Holztreppe ächzte unter seinem Gewicht, als er in die Ausstellungsräume im Obergeschoss der Museen im Alten Schloss stapfte. Er trug einen dunkelgrünen Lodenmantel sowie einen Jagdhut.

Sie sah ihm nach. Als er sie im Vorbeigehen gestreift hatte, hatte sie deutlich gespürt, wie aufgewühlt er war. Erbittert. Etwas beschäftigte ihn. So etwas passierte ihr häufig bei den Menschen, die sie versehentlich berührten. Manchmal war es angenehm. Manchmal nicht. So wie gerade.

Sie warf noch einen Blick auf die drei Frauen hinter der Kassentheke der Museen im Alten Schloss, die sich munter unterhielten. Dann trat sie über die steinerne Türschwelle hinaus ins Freie. Als Erstes ging ihr Blick hinauf zum sternenklaren Himmel. Die Luft roch nach Schnee, der heute wohl noch auf sich warten lassen würde. Aus den Mündern der Kinder, die sich gegenseitig über den Hof jagten, kamen watteweiche Atemwölkchen. Ein kleiner Junge sauste dicht an ihr vorbei. Ihn umgab die unbeschwerte Aura kindlicher Unbefangenheit.

Ein Windstoß bewegte die Äste der großen Linde im Hof, sodass sie gegen den dunklen Himmel wie die Arme eines Riesenkraken wirkten. Unwillkürlich zog sie das Tuch, das sie über ihrem langen Wollmantel trug, fester um Schultern und Hals. Tief sog sie die Luft ein, die geschwängert war vom vorweihnachtlichen Duft.

Sie trat zur Seite und ließ Leute passieren. Es war viel Betrieb heute, denn wie in jedem Jahr war der Hof des Alten Schlosses in Neustadt, der kleinen Stadt an der Aisch, übersät mit Buden und Ständen. Der Weihnachtsmarkt, der jedes Jahr am zweiten Dezemberwochenende in den Straßen zwischen Marktplatz und Schlosshof stattfand, war ein beliebter Tummelplatz der Landkreisbewohner von nah und fern.

Es gefiel ihr jedes Mal aufs Neue, wenn mitten im Winter das Leben in die Straßen und Plätze einkehrte. Denn der Sommer mit all den bunten Festen war noch fern und die dunkle Jahreszeit lange nicht vorbei.

Auf der Bühne hatten am Nachmittag die Kinder des Schlosskindergartens Weihnachtslieder zum Besten gegeben. Gerade eben packte einer der Musiker, der Stadtpfeifer, sein Instrument ein. Auf der anderen Seite, unweit des Eingangs, hatten die Oberstufenschüler des örtlichen Gymnasiums ihren Posten bezogen und verkauften Waffeln und selbst gebackene Plätzchen, um so ihr Budget für die Abschlussfeier im nächsten Jahr aufzubessern. Die lange Schlange verhieß ordentliche Einnahmen. Auf dem Rasenstück rund um den Kirschbaum präsentierten die Kunsthandwerker ihre Schöpfungen.

Gemächlich schlenderte sie über das Kopfsteinpflaster, blieb hier und da stehen, um sich etwas anzusehen und den Trubel zu beobachten. Der Mann im Lodenmantel hatte das Museum inzwischen wieder verlassen. Als sie ihn über den Hof kommen sah, gab sie ihrem Drang nach, sich so zu stellen, dass er nahe an ihr vorbei musste. Deutlich wahrnehmbar hinterließ er eine Spur unerfreulicher Gefühle.

Was mochte ihn so sehr berühren?

Die Uhr im Treppenturm schlug zuerst vier-, dann sechsmal, als sie sich zum Durchgang auf den Hof der Grundschule Neues Schloss begab.

Im Licht der Straßenlaternen auf der anderen Hofseite sah sie eine Gestalt mit militärisch strammen Schritten in ihre Richtung marschieren. Der Silhouette nach zu urteilen war es ein Mann, der sich sehr aufrecht hielt und direkt auf sie zukam. Vor ihr blieb er abrupt stehen, schlug andeutungsweise die Hacken zusammen, bevor er den Nacken beugte und ihre Rechte anhob, sodass er mit seinen Lippen knapp über ihrer Hand verharrte. Unvermittelt hauchte er auch noch einen Kuss darauf.

»Friedrich! Ich muss doch sehr bitten!« Errötend entzog sie ihm ihre Hand.

»Meine liebe Anna, wir kennen uns bereits eine halbe Ewigkeit. Und ich darf wohl davon ausgehen, dass wir uns noch häufig begegnen werden. Wann erhören Sie mich endlich?« Ein charmantes Lächeln huschte über seine Lippen, als er noch einmal ihre Hand ergriff, um ihr einen weiteren formvollendeten Handkuss zu geben.

Ganz langsam entzog sie ihm ihre Hand. »Ich darf Sie daran erinnern, dass ich verheiratet bin! Und Sie ebenfalls, Friedrich!«

»Ich bin geschieden«, korrigierte Friedrich. »Und Sie schon lange Witwe.«

Anna seufzte. »Aber ich bin so viel älter als Sie.«

»Touché!«, sagte Friedrich, während er sie bei sich unterhakte. »Für heute gebe ich Ruhe. Aber ich werde nicht lockerlassen.«

Anna tätschelte seinen Unterarm. »Ich weiß, mein Lieber. Und ich muss gestehen, Sie schmeicheln mir.«

Ohne Eile spazierten sie los. »Ich nehme an, Sie möchten zunächst die Krippenausstellung in der Rathausehrenhalle sehen?«, erkundigte sich Friedrich.

»Oh, aber natürlich«, stimmte Anna zu. Sie blieb stehen und machte eine unbestimmte Geste, die den gesamten Schlosshof umfasste. »Finden Sie es nicht auch jedes Mal aufs Neue wunderschön zu beobachten, was sich mit den Jahren verändert und was doch immer gleich bleibt? Der Fortschritt ist unaufhaltsam, die Menschen jedoch mit all ihren Eigentümlichkeiten, die sind und bleiben, wie sie immer schon waren.«

»Nun«, begann Friedrich zögernd. »Nun ja. Ja. Natürlich. Allerdings kommt es mir vor, als sei Fortschritt nur Einbildung und es geschieht stets das Gleiche. Tagein, tagaus.«

Anna lachte. »Machen Sie sich doch nichts daraus, Friedrich! So ist das Leben nun mal. Erfreuen Sie sich einfach an den kleinen Dingen. Sehen Sie nur dort: Ich weiß noch, wie sie im Kinderwagen saß, und seit diesem Jahr ist sie schon in der Schule.«

Nur wenige Meter entfernt hielt ein kleines Mädchen eine Leine in der Hand, an dessen anderem Ende sich ein großer, schwarzer Hund von undefinierbarer Rasse befand, der im Sitzen fast so groß war wie die Kleine.

Friedrich räusperte sich. »Die kleine Anna. Ich sehe sie oft auf dem Pausenhof. Sie ist wirklich entzückend.«

Anna lächelte. »Aha, Sie sind also doch aufmerksam.«

Mit einer nonchalanten Geste hob Friedrich die Achseln. »Steter Tropfen höhlt den Stein, meine Liebe. Und Sie werden es nicht müde, mir diese Predigt zu halten.«

Die Mutter des Mädchens reichte ihr gerade eine Bratwurstsemmel und warf gleichzeitig dem Hund, dem der Sabber aus dem Maul tropfte, einen strengen Blick zu. Mit einem enttäuschten Grunzen ließ er sich auf den Boden sinken, schielte jedoch zu dem Mädchen. Kaum hatte die Mutter sich dem Vater zugewandt, fischte das Mädchen die Wurst aus der Semmel und ließ sie direkt vor die Schnauze ihres haarigen Freundes fallen. In Nullkommanichts war die Bratwurst verschlungen, und er leckte inbrünstig den Boden ab, um nur ja lange etwas von dem guten Geschmack zu haben.

Friedrich und Anna lachten, genau wie zwei junge Frauen neben ihnen, die das Ganze ebenfalls beobachtet hatten. Das Mädchen sah herüber, grinste verschwörerisch und legte einen Finger auf die Lippen.

»Als würden wir irgendjemandem etwas verraten«, bemerkte Friedrich trocken im Weitergehen.

Anna rieb sich die Nase. »Hm.«

Sie durchquerten die Toreinfahrt, wanderten die Schlossgasse entlang bis zur Stadtkirche und hielten dann und wann bei den Ständen an. Anna wusste nicht genau, warum sie es tat, doch immer wieder hielt sie Ausschau nach dem Mann im Lodenmantel.

»Begleiten Sie mich am Sonntag zum Orgelkonzert?«, erkundigte sich Friedrich und deutete auf die rosafarbene Stadtkirche.

»Selbstverständlich«, antwortete Anna. »Wie könnte ich eine Einladung von Ihnen ausschlagen.«

»Und ich dachte, es käme auf die Musik an.«

Hinter vorgehaltener Hand kicherte Anna wie ein junges Mädchen. »Je mehr Sie in die Jahre kommen, Friedrich, desto unverfrorener werden Sie.«

Bevor Friedrich antworten konnte, blieb Anna abrupt stehen. Sie hatte den Mann im Lodenmantel zwischen einem Stand mit Strickwaren und der Stadtkirche entdeckt. Er spähte durch die Lücke zu der Bude mit der längsten Schlange, in der in dreieckigen Papiertüten Karpfenknusper verkauft wurde – in Streifen geschnittenes, paniertes Karpfenfilet, das in siedendem Fett ausgebacken wurde. Anna war jedoch klar, dass sein blasses, verkniffenes Gesicht nicht dem geruchsintensiven Verkaufsgegenstand galt.

»Friedrich, kommen Sie, ich will mir etwas ansehen.«

Friedrich hob die Brauen wegen Annas unmissverständlichem Tonfall, folgte aber umgehend, wobei er sich kritisch umsah. »Was ist denn los?«

Langsam ging Anna die Schlange entlang, wobei sie immer wieder einen Blick zu dem Mann im Lodenmantel warf. Schließlich war sie sicher, wen er beobachtete. Als Friedrich ansetzte, seine Frage zu wiederholen, schnitt Anna ihm mit einer Geste das Wort ab und zog ihn so weit beiseite, dass sie gerade noch verstehen konnten, was gesprochen wurde.

Ein Mann trat unruhig von einem Bein aufs andere. »Bist du dir ganz sicher, dass er gefahren ist, Steffi?«, fragte er die Frau neben ihm.

Steffi verdrehte die Augen. »Er kommt nicht vor Sonntag zurück, Moritz.«

»Er war so komisch gestern Abend. Er hat mich mehrmals gefragt, ob ich nicht doch mitfahren will.«

»Aber du hast ihm doch klar gemacht, dass du deiner Schwester beim Renovieren helfen musst.«

»Ja. Schon.« Moritz atmete tief durch. »Vielleicht hätte ich doch mitfahren sollen und ihm sagen, dass sie jemand anderen gefunden hat.«

»Warum das denn?«

»Weniger auffällig«, meinte Moritz. »Wir sind sonst immer zusammen zu Robert gefahren, um auf Damwildjagd zu gehen. Ich habe so ein Jagdwochenende noch nie sausen lassen.«

Energisch nahm Steffi sein Gesicht zwischen die Hände und drückte ihm einen langen Kuss auf den Mund. »Vergiss einfach die blöde Jagd! Jetzt haben wir ein ganzes Wochenende für uns!«

Moritz' Lächeln lag irgendwo zwischen Zustimmung und Sorge. Er küsste sie auf die Wange. »Wenn du dich endlich von ihm trennen würdest, dann hätten wir jedes Wochenende für uns.«

»Du weißt genau, dass das nicht geht«, sagte Steffi düster.

»Noch nicht? Oder nie?«

»Hör auf, mich das immer wieder zu fragen.« Sie lehnte den Kopf an seine Schulter. »Er ist so furchtbar eifersüchtig.«

»Dazu hat er wohl auch allen Grund«, bemerkte Friedrich mit zusammengebissenen Zähnen. »Wie kann dieses impertinente Weibsbild nur …«

»Sch«, machte Anna. »So hören Sie doch zu!«

»Ich verstehe sowieso nicht, warum du ihn geheiratet hast«, sagte Moritz gerade.

Steffi lächelte schief. »Du glaubst gar nicht, wie liebenswürdig er am Anfang war. Er hat mich förmlich auf Händen getragen. Und ich war noch so jung und naiv, dass ich geglaubt habe, er bereitet mir den Himmel auf Erden. Und als er mir einen Antrag gemacht hat, schwebte nicht nur ich auf Wolke sieben, sondern meine Eltern waren endlich die Sorge los, wie es mit dem Betrieb weitergehen sollte. Er hat die Firma vor dem Konkurs gerettet.«

Moritz verdrehte die Augen. »Ja klar, er ist die gute Fee und du die gehorsame Tochter, die tut, was die Eltern wollen.«

»Meine Eltern haben mich nicht gedrängt. Aber ... ach, ich weiß auch nicht. Irgendwann hat er sich verändert, und jetzt habe ich manchmal Angst vor ihm. Du weißt ja, wie er ist, wenn er etwas getrunken hat. Letztens hat er gedroht, dass er die Firma in den Bankrott treibt, wenn ich ihn verlasse.« Sie seufzte. »Und das kann ich doch meinen Eltern nicht antun.«

»Es ist aber doch dein Leben!«, beharrte Moritz. »Du musst tun, was du willst, nicht das, was andere von dir erwarten!«

Das Gespräch geriet ins Stocken, weil die beiden an der Reihe waren, ihre Bestellung aufzugeben.

»Oh weh«, sagte Anna. »Das dort drüben ist dann vermutlich ihr Mann.« Sie deutete in Richtung der Kirche, doch der Mann im Lodenmantel war verschwunden.

»Wer?«, fragte Friedrich, als er dorthin schaute.

Anna knetete ihre Unterlippe. »Das ist nicht gut.«

Friedrich sah ausgesprochen finster drein. »Natürlich ist das nicht gut. Nichts ist gut daran, wenn eine Frau ihren Mann so schändlich hintergeht!«

»Natürlich ist es das nicht, Friedrich, aber manchmal gibt es andere Gründe dafür als reine Lust.«

Friedrich rümpfte die Nase. »Das macht es nicht besser!«

»Ich bin diesem Mann ... ihrem Ehemann heute bereits zweimal begegnet. Er wirkte zornig. Sehr, sehr zornig.«

»Ist das ein Wunder?« Friedrich hatte die Fäuste geballt, während er Steffi und Moritz, die an einem Stehtisch aßen, griesgrämig betrachtete. »Kommen Sie, Anna, lassen wir diesen unerquicklichen Anblick hinter uns und gehen zum Marktplatz!«

Obwohl Anna bewusst war, dass sie sich nicht einmischen konnten, hatte sie kein gutes Gefühl, die Sache auf sich beruhen zu lassen. Gemeinsam wanderten sie die Buden in der Kirchgasse entlang, bis sie auf die Einmündung der Bamberger Straße auf den Marktplatz trafen.

Von links war Hufgeklapper zu hören. Zwei stattliche Kaltblüter mit dickem Behang an den Beinen zogen eine blau-gelbe Postkutsche. Mitten auf dem Marktplatz hielt sie an, um die Insassen aus- und neue Gäste einsteigen zu lassen.

Friedrich, der die Begebenheit gerade eben vergessen zu haben schien und wieder guter Laune war, ging zielstrebig in Richtung des Pferdegespanns. Mitten vor den Pferden blieb er stehen.

»Oh, ihr wunderschönen Geschöpfe.« Er hob die Hand, doch kurz vor den Nüstern hielt er inne, seufzte tief und nahm seine Hand wieder herunter. Das Pferd wieherte leise und scharrte mit dem Huf.

»Es mag Sie«, sagte Anna, die herangekommen war.

Friedrich verschränkte die Arme auf dem Rücken. »Papperlapapp.«

»Sie haben ein Gespür für Tiere.«

Genau wie an der Kirche und im Schlosshof drängte sich eine heitere Menschenmenge auf diesem Teil des Weihnachtsmarktes, der sich um einen über fünf Meter hohen Weihnachtsbaum mitten auf dem Marktplatz befand. Nachdem Anna und Friedrich die Krippenausstellung in der Rathausehrenhalle bewundert hatten, blieben sie schließlich vor der Krippe auf dem Marktplatz stehen, die unweit des Neptunbrunnens aufgebaut war. Vor Wind und Wetter geschützt, befand sich hinter einer Glasscheibe ein Stall aus Fachwerk mit vielen liebevoll gestalteten Figuren in fränkischen Trachten.

Von hier aus lauschten sie dem Auftritt des Musikvereins Diespeck. Als am Ende die Menge applaudierte, stieß Anna Friedrich in die Seite.

»Sehen Sie, dort drüben! Da sind die beiden wieder, und ihr Ehemann folgt ihnen!«

Bevor Friedrich reagieren konnte, machte sich Anna bereits auf in die angegebene Richtung. »Worauf warten Sie, Friedrich? Hinterher, sonst sind sie fort.«

Friedrich rührte sich nicht.

Kurzerhand hob Anna ihren langen Mantel an, um mit großen Schritten im Slalom über den Marktplatz dem Pärchen zu folgen, dem der Mann im Lodenmantel unauffällig auf den Fersen war. Er sah noch grimmiger aus als zuvor, und ihr Gefühl sagte ihr, dass das kein gutes Ende nehmen konnte. Sie war froh über ihre fest sitzenden Lederschuhe, mit denen sie auf dem Kopfsteinpflaster des Marktplatzes und der angehenden Wilhelmstraße guten Halt fand. Bald waren Steffi und Moritz an der Ecke zur Unteren Waaggasse angelangt, Steffis mutmaßlicher Mann nicht weit dahinter und halb verborgen hinter Passanten, stets bemüht, genügend Abstand zu wahren. Ein kleines Lächeln huschte über Annas Gesicht, als sie hinter sich die schweren Schritte Friedrichs hörte, der ihr – genau wie sie erwartet hatte – gefolgt war.

»Mit Verlaub, Anna, Sie sind halsstarrig.«

Ohne die drei aus den Augen zu lassen, tätschelte Anna Friedrichs Arm. »Ich weiß. Siegmund konnte auch ein Lied davon singen.«

»Siegmund?«

»Von Schwarzenberg. Er behauptete nach dem Tod meines Mannes, ich dürfe nicht eigenständig handeln. Ich solle gefälligst den Mund halten und die wichtigen Dinge den Leuten überlassen, die Ahnung haben.« Sie schnaubte abfällig.

»Lassen Sie mich raten. Sie hatten Ahnung«, bemerkte Friedrich sehr trocken.

Anna blitzte ihn von der Seite an. »Natürlich!«

»Wie könnte ich das jemals bezweifeln.« Friedrich beschleunigte seine Schritte und nahm kurzerhand Annas Hand. »Kommen Sie, damit wir sie nicht verlieren.«

Nur wenige Straßen weg vom Marktplatz war niemand mehr unterwegs. Als sie den Durchgang in der Stadtmauer zum Bleichweiher passierten, wirkte die Dunkelheit nach den hellen Lichtern des Weihnachtsmarktes umso bedrückender. Die hohen Bäume auf der großen Wiese rund um die Bleich schirmten das wenige Mondlicht sowie die Laternen auf der Hauptstraße fast vollständig ab. Mond und Sterne ließen jedoch die Wasseroberfläche funkeln, sodass man in dessen Gegenlicht Umrisse wahrnehmen konnte. Anna sah Steffi und Moritz, wie sie links herum über den Weg flanierten. Sehr langsam, Hand in Hand. Steffi hatte ihren Kopf an Moritz' Schulter gelegt. Steffis Ehemann war jedoch nirgends zu sehen, obwohl er nur kurz nach den beiden durch den Durchlass gegangen war.

Anna registrierte plötzlich, dass Friedrich ihre Hand nicht losgelassen hatte. Doch sie hatte keine Zeit, sich darüber Gedanken zu machen, denn in diesem Moment kam aus dem Schatten der hohen Stadtmauer der Mann im Lodenmantel mit großen Schritten über die Wiese und hielt direkt auf das Paar zu, das gerade stehen geblieben war, um sich zu küssen.

»Ich wusste es! Du Schlampe!«

Die zwei fuhren herum.

Steffi entfuhr ein gequälter Laut. Mit der Hand vor dem Mund trat sie unwillkürlich zwei Schritte zurück.

Moritz, genauso erschrocken, straffte jedoch seine Haltung. Er stellte sich mit abwehrend erhobenen Händen zwischen Steffi und ihren Mann. »Lars! Hör zu, lass mich dir erkl...«

»Du! Ausgerechnet du!«, unterbrach Lars mit einem bitteren Lachen, während er sich den Schal vom Hals zog. »Von dir hätte ich das am allerwenigsten erwartet! Weißt du noch? Ehrlichkeit. Zuverlässigkeit. Kameradschaft. Alles hast du verraten. Alles!«

Ganz unvermittelt riss er eine Hand aus der Manteltasche. Im Gegenlicht sah Anna kurz den Umriss einer Pistole, die Lars mitsamt dem Schal in Moritz' Bauch presste und sofort abdrückte. Quasi zeitgleich mit dem gedämpften Knall zuckte Moritz zusammen. Anna sog scharf die Luft ein. Friedrich neben ihr gab ein ersticktes Geräusch von sich.

Keuchend, die Hände auf den Bauch gepresst, taumelte Moritz über die Wiese, floh vor Lars und brach im Schatten der Mauer neben einem Busch zusammen. Wie paralysiert stand Steffi immer noch an derselben Stelle wie vorher. Ihre Lippen bewegten sich, doch kein Wort kam aus ihrem Mund.

Lars war der Einzige, der handelte. Er richtete die Waffe auf seine Frau. »Halt den Mund!«

»Moritz ...«, hauchte sie dennoch und machte einen Schritt auf ihn zu.

»Ich sagte: Halt den Mund!«

Drohend ging Lars einen Schritt näher. Steffi hielt inne. Mit sichtlicher Genugtuung hörte Lars Moritz leise wimmern.

»Du kommst mit mir!«, befahl Lars. »Und kein Sterbenswort zu irgendwem!« Er packte Steffi am Arm und zog sie mit sich, in Richtung der alten Fürstenschule, vorbei an Anna und Friedrich.

»Oh mein Gott«, murmelte Anna. »Was wird er mit ihr tun?«

»Was schauen Sie mich dabei so an?«, blaffte Friedrich.

»Was haben Sie denn mit Ihrer Frau getan, nachdem Sie sie mit Ihrem Burschen erwischt und ihn erschossen haben?«, fragte Anna spitz.

Friedrich verschränkte die Arme. »Nichts! Sie floh nach Bernburg, bevor ich irgendetwas unternehmen konnte!«

»Wahrscheinlich war das das Beste, was sie tun konnte!«, stellte Anna fest.

Sie marschierte über die Wiese, um neben Moritz in die Hocke zu gehen. Er rang inzwischen um jeden Atemzug und hatte sich in Embryonalstellung zusammengekrümmt. Als sie federleicht sein Gesicht berührte, spürte sie seine Todesangst.

»Sch, sch«, machte sie, auch wenn sie wusste, dass er sie nicht hören würde. Sie hoffte einfach, er spürte, dass er nicht allein war.

Seine Atemzüge wurden langsamer, seine Augenlider klappten herunter. Sein Körper entspannte sich in der Bewusstlosigkeit.

Friedrich war ebenfalls herangekommen. »Ist er tot?«

»Noch nicht, aber wenn wir nichts unternehmen, ist

er es bald! Er liegt zu nahe an der Mauer, als dass ihn jemand rechtzeitig finden würde. Und sagen Sie jetzt nicht, er hätte es verdient zu sterben! Niemand hat das!«

»Das behaupte ich ja gar nicht«, schnappte Friedrich. »Aber wie sollen wir das anstellen?« Er drehte die Handflächen nach oben.

Anna schnalzte mit der Zunge. »Friedrich, Friedrich. Jetzt sind Sie seit 250 Jahren hier, das ist halb so lange, wie ich es bin. Eigentlich müssten Sie wissen, dass es immer jemanden gibt, der an all die unerklärlichen Dinge zwischen Himmel und Erde glaubt.«

»Sie ist doch noch ein Kind!«

»Aber die Einzige, die jetzt noch helfen kann.«

»Sie wissen nicht einmal sicher, ob sie uns sieht!«

»Vorhin hat sie es.«

»Sie hat die Frauen neben uns gemeint.«

»Nein, das hat sie nicht.« Diesmal war es Anna, die Friedrichs Hand ergriff und ihn mit sich zog. »Beeilen wir uns.«

Widerwillig setzte sich Friedrich mit ihr in Bewegung. »Und wenn wir die kleine Anna nicht schnell genug finden? Die Stadt ist voll von Menschen. Sie könnte überall sein!«

»Falls wir für den armen Mann zu spät kommen, dann sorgen wir mit ihrer Hilfe wenigstens dafür, dass dieser Unmensch schnell gefasst wird und seine Frau in Sicherheit ist!«, sagte Anna grimmig.

Zuerst sahen sie in dem Haus in der Unteren Schlossgasse nach, von dem sie wussten, dass das Mädchen dort wohnte. Alle Fenster waren dunkel, daher trennten sie sich, um die Gassen der Innenstadt zu durchkämmen. Immer wieder lauschte Anna, ob sie ein Martinshorn hörte – als Zeichen, dass Moritz vielleicht gefunden worden war. Doch da war nichts. Schließlich traf sie vor Annas Haus wieder auf Friedrich.

»Es tut mir so leid, meine Liebe«, sagte Friedrich ernst.

Anna schluckte schwer. »Gehen wir nachsehen, ob er überhaupt noch ...« Sie vollendete den Satz nicht, doch Friedrich verstand sie auch so.

Sie überquerten den Hof der alten Fürstenschule, um wieder an die Bleich zu gelangen. Von der anderen Seite waren Stimmen zu hören, die sich der Stelle näherten, an der Moritz lag.

Es bedurfte keiner Worte, dass Anna und Friedrich gleichzeitig losliefen. Beim Näherkommen traute Anna ihren Augen kaum: Es war tatsächlich die kleine Anna mit ihren Eltern und dem schwarzen Hund auf ihrer abendlichen Gassirunde.

»Friedrich! Der Hund!«

Der Angesprochene war offenbar auf dieselbe Idee gekommen, denn er platzierte sich bereits vor dem Tier. Wie angewurzelt blieb der Hund stehen, schnüffelte an Friedrichs Bein und wedelte.

Das kleine Mädchen, das die Leine festhielt, hatte gezwungenermaßen ebenfalls angehalten. Sie legte den Kopf in den Nacken und sah zu Friedrich auf. Anna ging neben ihr in die Hocke und sah die Kleine eindringlich an.

»Ich nehme an, du hörst mich nicht«, sagte Anna trotzdem. »Schau, dort drüben.« Sie zeigte zur Mauer. »Dort ist jemand, der deine Hilfe braucht.« Zumindest hoffte sie, dass Moritz noch nicht tot war. »Bitte, geh dorthin.«

Die kleine Anna sah sie mit riesigen Augen an. Dann blickte sie auf ihren Hund, der immer noch Friedrich anwedelte, nickte und marschierte los.

»Komm, Bobby«, sagte sie zu ihrem Hund, der prompt folgte.

Anna hielt die Luft an.

Die Eltern waren nur wenige Schritte weiter stehen geblieben und unterhielten sich. Es schien für sie normal, dass Kind und Hund sich auch rechts und links des Wegs herumtrieben.

»Mammmaaa! Papa! Hier ist jemand! Kommt schnell.«

Gleichzeitig bellte Bobby wie ein Verrückter.

»Anna! Wo bist du?« Die Stimme der Mutter klang panisch.

Der Vater war schon dabei, seine Handytaschenlampe einzuschalten und war in wenigen Schritten bei seiner Tochter. Er leuchtete auf den am Boden Liegenden.

»Ist der betrunken?«, rief Annas Mutter, die ebenfalls herankam.

»Ach du Scheiße!«, entfuhr es dem Vater. »Nein. Anna, geh weg.«

Die Mutter zog ihre Tochter ein Stück beiseite und zerrte energisch an der Leine des immer noch aufgeregt bellenden Hundes.

»Was ist denn?«, wollte sie von ihrem Mann wissen.

Doch Annas Vater winkte nur ab. Mit dem Handy am Ohr ging er in die Knie und streckte ganz vorsichtig die Hand aus. »Er lebt noch«, sagte er. »Oh Gott. Gott sei Dank. Er lebt noch ... ja, hallo? Ich ... ich habe einen schwerverletzten Mann an der Bleich gefunden. Er blutet stark am Bauch und ... nein, ich weiß nicht, was mit ihm passiert ist ...«

Während er telefonierte, versuchte die bestürzte Mutter, ihre Tochter vom Schauplatz wegzuziehen, doch das Mädchen weigerte sich standhaft. Auch Bobby hatte sich inzwischen friedlich hingesetzt – neben Friedrich, der mit Anna bei Mutter und Tochter wartete.

Als in der Ferne Martinshörner erklangen, bemerkte Friedrich: »Ich fand ja schon immer, dass diese Stadt unbedingt ein eigenes Krankenhaus braucht. Unglücksfälle gibt es zuhauf.«

Anna lächelte leicht. Sie hoffte, dass für Moritz die Hilfe nicht zu spät kam. Vorsichtig legte sie ihrer kleinen Namensvetterin die Hand auf die Schulter. Das Mädchen zuckte kurz zusammen, entspannte sich dann aber. Anna spürte, dass die Kleine unsicher war, ängstlich vielleicht, aber auch neugierig. Sehr, sehr neugierig.

»Danke«, sagte Anna.

Das Mädchen hob den Kopf und lächelte ihr zu. Anna lächelte zurück.

»Lars!«, sagte die Kleine plötzlich laut.

»Was?« Die Mutter schaute ihre Tochter verwirrt an.

»Lars, so heißt der Mann, der geschossen hat.«

»Geschossen? Woher weißt du denn, dass jemand auf den Mann dort geschossen hat?«

Sie zuckte mit den Schultern. »Würdest du sowieso nicht glauben.« Verstohlen zwinkerte sie Anna und Friedrich zu.

Als es schließlich an der von Scheinwerfern erhellten Bleich vor Sanitätern, Polizisten und Schaulustigen nur so wimmelte, hakte sich Anna bei Friedrich unter.

»Ich wünsche mir sehr, dass es für Steffi und Moritz am Ende gut ausgeht«, sagte Anna.

»Sie haben übrigens recht«, sagte Friedrich, während

er beobachtete, wie Moritz in den Krankenwagen geschoben wurde. »Er hat das nicht verdient, und ich hoffe, dass er es überstehen wird.«

»Das hoffe ich auch«, erwiderte Anna. »Es war wirklich ein Zufall, dass sie da war.« Sie winkte dem Mädchen zu, das mit seiner Mutter auf einer Bank saß und einem Polizisten erzählte, was es wusste. Die Kleine winkte zurück.

»Ein wunderbares Geschenk, so kurz vor Weihnachten«, sinnierte Friedrich. Er deckte seine Hand auf ihre. »Und diese Dinge sind es, die das Herz erfreuen.«

Anm. d. Autorin:
Anna von Sachsen war die zweite Ehefrau von Albrecht Achilles, Markgraf von Ansbach und Kulmbach, Kurfürst von Brandenburg. Als Witwe hielt sie 26 Jahre einen prächtigen Hof im Alten Schloss zu Neustadt an der Aisch und starb dort 1512. Kindern und Bedürftigen war sie sehr zugetan und trug mit dem Amtmann Siegmund von Schwarzenberg etliche Konflikte aus.

Im Jahr 1739 erschoss der spätere Markgraf Friedrich Christian zu Kulmbach-Bayreuth im Neuen Schloss einen Burschen aus seinem Gefolge, den er im Bett seiner jungen Frau vorfand, als er frühzeitig von der Jagd heimkehrte. Der Stadt Neustadt blieb er sein ganzes Leben lang eng verbunden, förderte das Schulwesen und hatte vor, der Stadt ein Krankenhaus zu stiften. Leider starb er vorher.

Tommie Goerz
Die Weihnachtsgans

Es war später geworden als geplant. Das Licht des zu Ende gehenden Dezembertages hatte sich inzwischen wieder fast komplett zurückgezogen, nur ein schmaler Lichtstreif lag noch kaltgelb unter einem schwarzen Himmel und wehrte sich gegen die Nacht. Seit Tagen blies ein kalter Wind über das Land, drang überall hindurch und nahm die letzten Wärmereste mit. Ostwind. Sibirische Luft. Die nackte, im Lauf der Jahre verstaubte Glühbirne, die von der Decke des Holzschuppens hing, gab mit ihren gelben vierzig Watt nicht sehr viel Licht, und ihr leichtes Schwanken ließ die Schatten wandern. Unheimlich könnte einem werden, schmunzelte sie. Aber sie war gern hier draußen, hier war sie aufgewachsen, hier kannte sie jeden, und man hatte sie, als sie nach über zwanzig Jahren in der Stadt nach der Trennung von ihrem Mann und dem Tod ihrer Eltern wieder hier herausgezogen war und das Anwesen übernommen hatte, sofort wieder aufgenommen. Manchmal war es, als sei sie überhaupt nicht fort gewesen.

Es wäre besser gewesen, wenn ich die Türe zugemacht hätte, dachte sie sich, denn die alte Holztür schlug im Wind hin und her. Quietschte, schlug, quietschte. Sie würde sie gleich schließen. Erst schnell die Gans. Die sollte es Weihnachten geben, wenn die Freunde kamen. Die zweite war für die Schwendners, die Nachbarn jenseits der Weide.

Sie stand am Hackstock und hielt das Tier, gegen das Flügelschlagen eng unter den Arm geklemmt, mit der

Linken am Hals, mit der Rechten umklammerte sie das Beil, die scharfe, gerade erst frisch geschliffene Schneide nach oben. Dann nahm sie Maß. Sie wollte das sich gegen den Tod sträubende Tier, das mit aller Kraft versuchte, mit den Flügeln zu schlagen und sich zu befreien, mit einem gezielten Schlag auf den Hinterkopf betäuben. Hernach würde sie die Gans, so wie sie es früher immer getan hatte, mit dem Hals auf den Hackstock legen und köpfen. Ein Schlag – und das Leben des Tieres wäre vorbei.

Hatte sie da im Augenwinkel einen Schatten gesehen draußen, hinten zwischen den Bäumen am Zaun? Sie sah kurz auf, konnte aber beim Blick ins Halbdunkel nichts erkennen. Sie hatte jetzt ohnehin keine Zeit, denn das Tier wehrte sich, und sie musste es hinter sich bringen. Möglichst schnell. Was hätte da auch sein sollen? Hier draußen war doch nie etwas.

Der gezielte, feste Schlag traf den Hinterkopf der Gans. Die Kraft des Tiers erlahmte umgehend, es streckte den Hals nach vorn wie entspannt und stieß einen langgezogenen *Schhh*-Laut aus. Entweichende Luft, Augen geschlossen. Dünn lag das Lid weiß über den Augenkörpern. So eine Gans ist schon ein schönes Tier, dachte sie einen Moment.

Wie lange hatte sie das schon nicht mehr getan? Fünfundzwanzig Jahre? Wohl eher dreißig. Damals hatte sie, noch als Schülerin, mehrere Sommer lang Gänse und Enten gehalten hier heraußen. Sie als Küken geholt und großgezogen. Ihnen Wasser gegeben und Frischfutter geschnitten, sie auf die Wiese gelassen und einmal sogar in den Fluss, die Aisch. Tolle Geschichten hatte sie mit den Gänsen erlebt. Zwei zum Beispiel wollten einmal, nachdem sie den Fluss kennengelernt hatten, offenbar nicht mehr zurück an Land und in Gefangenschaft. Sie ließen sich nicht locken so wie die anderen, kamen nicht wieder zurück ins Gehege. Nach zwei Tagen dann war sie schließlich ins Kanu gestiegen und hatte sie vom Wasser aus ans Ufer und zurück zu den anderen zu treiben versucht. Aber die zwei waren, von der Freiheit infiziert und, zwischen Ufer und Boot in die Enge getrieben, ganz einfach unter dem Boot hindurchgetaucht und seelenruhig auf der anderen Seite weitergeschwommen. Und bei ihrem dritten Versuch hatten sie begonnen mit den Flügeln zu schlagen, waren ein paar patschende Schritte mit ihren Flossen übers Wasser gerannt und hatten plötzlich abgehoben, die Hälse nach vorne gestreckt wie Schwäne. Sie waren geflogen, als ob sie das schon immer getan hätten, und knapp einen Meter über dem Wasser beinahe majestätisch flussaufwärts entkommen. Fast einen Kilometer flussaufwärts, unter der Brücke hindurch bis zum nächsten Wehr. Von dort hatte sie die zwei dann erst wieder hinuntertreiben müssen, wieder mit dem Boot. Das Vertrauen der Gänse aber war da schon dahin.

Sie hatten sich damals nicht wieder einfangen lassen, zumindest nicht ohne Weiteres. Im Gegenteil: Beide hatten sich einen Nebenarm der Aisch, ein Altwasser, ausgesucht und es sich dort heimisch gemacht, zusammen mit Wildenten und Schwänen. Paddelten dort herum und ließen sich von den Spaziergängern füttern.

Sie legte den Hals der Gans flach auf den Hackstock und nahm Maß. Dann holte sie aus.

Die zwei Gänse damals hatte sie nur mit einem Trick wieder einfangen können: mit Schlaftabletten. Sie hatte

Schlaftabletten geviertelt, in Brotkügelchen eingeknetet und an die Gänse verfüttert – und damit gleichzeitig natürlich auch an Wildenten, Karpfen und was sich sonst noch um die Brotkügelchen schlug, das ließ sich gar nicht vermeiden. Doch die Tabletten wirkten nicht. Die Gänse schüttelten zwar ein paar Mal wie gegen etwas Lästiges den Kopf, ansonsten aber ließen sie sich nicht beeindrucken. Also versuchte sie das Gleiche noch einmal, aber mit echten Schlafmitteln: mit Barbituraten. Und es funktionierte. Die Gänse, wie die mitgefütterten Wildenten auch, verkrochen sich, immer matter werdend, unters überhängende Ufergehölz und schliefen ein. Sie brauchte nur noch mit dem Kanu ihre Runde zu fahren, und die Tiere einzusammeln. Vier Wildenten waren damals mit dabei. Die hatten sie geschlachtet, eingelegt und dann gebraten, ein seltenes Mahl. Die eine Gans allerdings hatte damals die ›Fütterung‹ nicht überlebt, sie hatte wohl eine Überdosis abbekommen. Die andere aber erwachte Stunden später erst wieder im Kreis ihrer Kolleginnen im Gehege und ging Wochen später den Weg aller Gänse – jenen, den diese, wie auch ihre Schwester unten im Korb, jetzt auch gehen würde.

Geübt fuhr das Beil herunter und trennte beinahe widerstandslos den Kopf vom Hals. Ein einziger, kräftiger Schlag, Blut spritzte, und der Kopf fiel auf der anderen Seite des Hackstocks herunter.

Doch, da war etwas gewesen, draußen. Wieder glaubte sie, einen Schatten gesehen zu haben. Wahrscheinlich ein Tier. Die Gans musste jetzt schnell nach draußen zum Ausbluten, das geköpfte Tier versuchte weiter wie wild mit den Flügeln zu schlagen. Doch sie hatte die Gans fest im Griff.

Früher hatte sie beim Schlachten immer einen Hund dabei gehabt. Frento, einen Collie-Schäferhund-Mischling. Da hatte sie aber auch im Freien geschlachtet. Der Hund war immer ganz wild auf die Gänse- und Entenköpfe gewesen – so wild, dass, während die kopflosen Federtiere damals noch flügelschlagend über die Wiese rannten und ausbluteten, deren Köpfe schon längst, *krrk-krrk-krrk*-knirschend, zwischen den Zähnen des Hundes von links nach rechts und zurück wanderten. Oft zuckte das Federvieh auf der Wiese noch mit den Flügeln, da war sein Kopf schon zermalmt im Magen des Hundes. Schlachtfrisch warm. Damals fiel beim Schlachten auch kein Kopf vom Hackstock bis hinunter auf den Boden, undenkbar, den hatte sich Frento bis dahin längst geschnappt.

Mit zwei, drei Schritten war sie, die Gans fest im Griff, bei der Türe und warf sie hinaus in den Hof. Hier konnte sie sich ausflattern und ausbluten. Kalt blies ihr der Wind ins Gesicht. Doch, da war ein Schatten gewesen, hinten bei den Bäumen! Nein, sie hatte sich nicht getäuscht. Aber der Schatten versteckte sich. Wahrscheinlich war es Thomas, von allen nur Brummto genannt, weil er immer so vor sich hin brummte. Ein Schrank von einem Kerl, etwas zurückgeblieben und tapsig in seiner Art, aber nett und nie irgendwie aufgefallen. Nur dem Blut, das wusste man, war er mit einer ganz eigenen Faszination zugetan. Er roch förmlich, wenn irgendwo geschlachtet wurde, und stand dann dort herum. Sah zu. Also Thomas, dachte sie.

Als Kind war das schon so gewesen. Stundenlang konnte man ihn da beim Metzger in der Türe stehen und zugucken sehen, wie die Rinder und Säue ins Schlachthaus gebracht und dort abgestochen, wie sie gebrüht, entborstet, ausgenommen, zerteilt und verwurstet wurden. Und immer wieder hatte er sich hinüber auf den Weiselshof schicken lassen, um das Bratwurstmaß zu holen, und immer wieder war er, wenn er mit der Meldung zurückkam, die Metzger sollten sich die Bratwürste an der Stirn abmessen, von kehligem Männerlachen empfangen worden. Dann hatte sich der Tapsige immer in Grund und Boden geschämt, feuerrot im Gesicht, war beim nächsten Mal aber doch wieder losgezogen, nach dem Bratwurstmaß zu fragen. Das Leben war rau auf dem Land, und wer zu langsam war, den trieb man oft vor sich her.

Sie hatte die Gans auf den Hof geworfen und sah noch, wie diese in die Dunkelheit hinein direkt dorthin flatterte, wo sie glaubte, Brummto gesehen zu haben, beachtete dies aber nicht weiter, wandte sich gleich wieder ab und nahm die zweite Gans aus dem Korb. Auch diese wollte sie schlachten. Wie schon die erste klemmte sie sich das Tier unter den Arm, nahm das Beil und schlug ihm mit der Rückseite gezielt auf den Hinterkopf. Wieder dieses zischende *Schhh* aus dem Schnabel des Tiers, wieder das dünnweiße Häutchen, das die Augen schloss. Draußen war es inzwischen fast Nacht. Kein Geräusch aus dem Dunkel. Ob Brummto sie aus dem Schutz der Dunkelheit heraus beobachtete? Ob er das immer noch so gerne tat wie früher? Die Tür schlug wieder im Wind.

Ein gezielter Hieb mit der Axt – und der zweite Kopf kullerte zum ersten. Sie warf auch die zweite Gans hinaus, die erste lag als weißer Fleck beinahe hinten am Zaun. Eine Blutspur führte im Dunkeln zu ihr. Die zweite Gans schlug eine andere Richtung ein, wackelte flügelschlagend drei, vier Tapser hinüber zu den

Mülltonnen und überschlug sich dann. Lag vor den Tonnen, zuckte noch einmal kurz mit den Flügeln, dann war sie ruhig, das Leben aus ihr entwichen.

Wo wohl Brummto war? Er steckte bestimmt hier irgendwo im Dunklen. Und wo jetzt wohl das Leben der beiden Gänse war? Hing das hier noch irgendwie in der Luft? Irgendwo? Und hatte sie überhaupt das Recht zu töten? Sie schob den Gedanken von sich. Beim ersten Mal hatte sie auch solche Gedanken gehabt, hatte dann aber festgestellt: Man kann sie ausblenden. Stummschalten. Ganz einfach übergehen. Nicht zulassen, sie unterbinden. Man muss es ganz einfach tun, ohne Denken. Das Tier nehmen, Kopf ab und fertig, dann war es eh zu spät für Grübeleien.

Nach den ersten Malen hatte sie immer noch einen Schnaps gebraucht. Wärme von innen gegen die Kälte innen. Da hatte sie auch verstanden, warum die Männer nach dem Schlachten immer Schnaps tranken – nicht die Metzger, die waren daran gewöhnt, aber die Bauern der umliegenden Höfe, wenn sie schlachteten.

Sie trat vollends hinaus in die Dunkelheit.

»Brummto?«

Es kam keine Antwort, doch irgendwie spürte sie: Er war da, irgendwo dahinten im Dunklen. Konnte man so etwas spüren? Das Dasein eines anderen Menschen? Sie packte die erste Gans bei den Füßen und hob sie auf. Das Blut am Hals schien ihr ungewöhnlich verschmiert, als ob sich jemand daran zu schaffen gemacht hätte. Herumgefingert, gespielt, gewischt, verwischt ...

»Brummto?«

Nichts kam aus der Dunkelheit zurück, doch irgendwo da war er, gut verborgen. Sie konnte ihn nicht sehen.

Sie trug die Gans hinüber ins alte Waschhaus, wo sie vorher den Kessel angeschürt hatte. Hier war es schön warm. Dampf quoll aus der Türe heraus, aber der kalte Wind riss ihn sofort mit sich fort, zerstäubte ihn auf der Stelle. Sie legte das Tier auf die Bank, legte ein paar Holzscheite nach und zog blechern scheppernd den großen Deckel vom Bottich. An vielen Stellen war seine braune Emaille abgeplatzt, der Deckel hatte schon Generationen überlebt.

Als sie die Gans im fast kochenden Wasser versenkte und mit dem großen Holzlöffel immer wieder untertauchte, stiegen Blasen auf. Es war gut, dass hier die Tür offen stand, sonst wäre es viel zu heiß gewesen. Feuchtheiß. Überall stand der Dampf, Kondenswasser lief an den Scheiben herunter und unten über das morsche Holz. Ja, es gäbe viel zu tun auf diesem Anwesen.

Erneut meinte sie, draußen etwas gehört zu haben.

»Brummto? Bringst du mir die zweite Gans?«

Vielleicht ließ er sich ja so überreden, sich zu zeigen.

Nichts. Nur ein entferntes Rascheln, oder hatte sie sich verhört?

Mit einer Kelle bugsierte sie die Gans an den Kesselrand, griff sie am Hals und warf sie, mehr, als sie sie trug, hinüber auf die große Holztischplatte. Heißes Wasser pflatschte auf den schwarzen Betonboden, quoll aus dem Gefieder des Tiers und überschwemmte den Tisch. Dichter Dampf überall. Mit geübten Händen begann sie, das Tier zu rupfen, und wischte sich mit dem Handrücken über die Stirn. Die klatschnassen Federn warf sie hinunter in die Blechwanne. Laut scheppernd hatte sie sie mit den Füßen herangezogen und in Position bugsiert.

Er war da draußen in der Nacht! Es klang, als wäre er ausgerutscht, weiter hinten im Hof, drüben bei den Tonnen. Dann war es wieder still.

»Brummto! Komm doch herein!«

Sie konnte sich jetzt nicht um ihn kümmern. Oder war das etwas anderes? Jemand anderes? Aber wer oder was sollte das sein? Nein, das war unwahrscheinlich. Nicht an so einem kalten Abend und nicht hier draußen, wo weit und breit nichts war.

Die Gans ließ sich erstaunlich leicht rupfen, beinahe wie ein Huhn. Die kleinen Federn musste sie fast nur abstreifen, lediglich die großen mit den dicken Kielen einzeln packen und herausziehen. Überall tropfte Wasser.

Hätte sie die zweite Gans nicht besser hereinholen und aufhängen sollen, damit sie kopfüber – was für eine blödsinnige Formulierung, wenn sie doch keinen Kopf mehr hatte. Doch wie sollte sie sagen: halsunter?, oder fußoben?, egal – noch ein wenig hätte ausbluten können? Ach was, sie würde die erste erst fertig rupfen, so lange könnte die andere ruhig draußen liegen.

Dann, wenn auch die zweite gerupft wäre, würde sie die beiden noch ausnehmen, das musste sie heute tun. Als sie das zum ersten Mal gemacht hatte, war sie sehr beeindruckt gewesen, daran dachte sie immer wieder. Die alte Schwante hatte ihr das gezeigt, die Magd vom Ehlershof drüben, die früher immer die Gänse geschlachtet hatte, manchmal bis zu zwanzig am Tag, kurz vor dem Martinstag oder vor Weihnachten. Den Ehlershof aber gab es längst nicht mehr, Opfer der Milchkontingente der EU. Und auch die Schwante gab es längst nicht mehr, die war schon vor zwanzig Jahren gestorben, mindestens. Hatte eines Wintermorgens rücklings über dem Hackstock gelegen, als wartete sie auf einen Schlag gegen die Kehle oder auf ein Messer in den Bauch. Sehr komisch hatte das ausgesehen damals, und keiner hatte sich erklären können, wie es dazu gekommen war. Aber so starben die Leute früher. Man fand sie eines Tages einfach irgendwo tot, da gab es kein großes Leiden oder Rumgetue. »Das macht doch keiner freiwillig, sich in der Kälte so auf den Hackstock zu legen, um auf den Tod zu warten«, hatten die Leute damals zwar gesagt und mit den Köpfen geschüttelt, aber damit war es auch gut. Die Schwante war tot und musste beerdigt werden und Schluss. Nur der Brummto war damals fort gewesen, zwei oder drei Tage lang, dann hatten sie ihn beim Lugershans hinten überm Kuhstall im Stroh gefunden, ganz verstört.

»Der Junge« – Brummto war da gerade zwanzig geworden – »muss die Schwante gesehen haben«, sagte man damals, »nachts«, denn da ist es unheimlich, »als sie starb. Oder tot so dalag. Da hat er wohl einen Schock gekriegt.«

Einen Tag später war die Schwante unter der Erde und der Brummto wieder ganz normal. Langsam wie immer und vielleicht auch ein bisschen blöde, aber nicht dumm, nur anders als alle anderen.

Was war das dort draußen nur? Immer wieder schien ihr jetzt, als ob es dort raschelte. Einbildung. Erneut schlug die Tür. Kälte drang herein und Dampf drang hinaus, wurde auf der Stelle vom Wind gepackt und von der Nacht verschluckt. Oder war das vielleicht …? Sie tauchte ihre Hände in den Bottich, spülte Federreste und klebrige Daunen ab und wischte die Hände an der Schürze trocken. Ja, als sie das erste Mal zusammen mit der alten Schwante eine Gans ausgenommen hatte, das hatte sie sehr beeindruckt. Und auch ein wenig verunsichert. Denn – durfte man bei so etwas angenehme Gefühle haben? War das denn normal? Oder war das eher pervers, gar ein Zeichen für ... oder von ... – an dieser Stelle hatte sie nie weitergedacht.

Sie hatte – und sie würde es gleich wieder tun und freute sich beinahe darauf –, so wie es ihr die alte Schwante vorgemacht hatte, mit der Spitze eines sehr scharfen Messers vorsichtig einen Kreis um den Anus der Gans gezogen, so, dass die Haut sich öffnete und das Fett darunter hervorkam. Dann das Messer flach unter die Bauchhaut des Tieres geschoben, die Schneide nach oben, und hatte mit einer einzigen, langsamen Bewegung, mit der sie die Innereien nicht verletzte, einen Schnitt bis zum Brustbein gesetzt.

Und dann?

Das müsste sie gleich am Objekt überlegen, sie wusste die Reihenfolge nicht mehr. Aber sie würde es schon hinkriegen. Hatte sie erst die Innereien herausgezogen, Därme, Bauchfett, Magen, Leber, Herz? Oder hatte sie erst an allem vorbei nach oben in den Hals gefasst und Kropf samt Speiseröhre, Lunge ...? Sie wusste es nicht mehr. Wahrscheinlich aber erst die Innereien, die wären ja sonst im Weg.

Was aber war das für ein eigenartiges Geräusch da draußen? Was trieb denn der Brummto da?

»Brummto! Komm rein, hier ist es warm!«

Stille, nur der kalte Wind. Und Dunkelheit, Schwärze. Kein kaltgelber Lichtstreif mehr am Horizont. Aber er war da. Oder etwas.

Was sie beim ersten Mal, als sie mit der alten Schwante eine Gans ausgenommen hatte, so beeindruckt hatte, war das gewesen: die unglaubliche und überraschende Ästhetik der Innereien eines Leibes. Das so ganz und gar nicht Abstoßende, ja vielmehr berauschend Anziehende von Gedärmen, Leber, Herz. Dieses Weiche, Warme, Angenehme des fast noch lebendigen Innenlebens. Das so Gesunde, Reine, Unberührte. Diese Ordnung. Die sofort den Wunsch in ihr weckte: So möge es in mir auch sein. So gesund, glatt, sauber, warm. *Das* hatte sie nachhaltig beeindruckt. Und darauf freute sie sich schon. Doch vorher musste sie noch die zweite Gans rupfen. Das Messer zum Ausnehmen hatte sie schon sorgsam geschärft und bereitgelegt.

Sie trat hinaus in die Nacht, atmete durch. Wie gut die kalte Luft tat, der Wind. Sie ging hinüber zu den Tonnen, wohin die zweite Gans geflattert war. Und urplötzlich war ihr kalt. Knochenkalt.

Was sie sah, wollte sie erst gar nicht glauben: Das Tier war völlig zerrupft. Deshalb also das Grunzen! Da muss ein Fuchs gewesen sein, oder ein Hund! Überall blutige Federn. Sie packte die Gans an den Füßen, hielt sie hoch und erschrak: Im schwachen Licht, das aus dem Schlachthaus drang, sah sie: Der Leib war geöffnet, das Tier zerrissen, zerfetzt, Gedärme hingen heraus. Ein Schauer lief ihr über den Rücken.

Dann stockte sie.

Lauschte.

Da war etwas gewesen!

Hinter ihr. Ganz nah und groß.

Sie spürte, wie sie erstarrte.

Hatte nichts gesehen, keinen Schatten, keine Bewegung im Augenwinkel – aber sie hatte es gehört: Da war jemand, etwas! Kein Zweifel. Sie spürte, wie sich ihre

Muskeln anspannten, sie hellwach wurde, sich ihre Haare im Nacken ...

Ganz egal, was oder wer da war: Sie würde sich jetzt! sofort! abrupt und überraschend umdrehen, den Kadaver der Gans herumschleudern ... dem, was immer es war, wahrscheinlich dem Brummto, um die Ohren hauen, dass die Federn und die Gedärme ihm die Augen verklebten, er einen Moment nicht richtig sehen konnte ...

Jetzt!

Aber sie konnte nicht. Sie war gelähmt. Nein, gefangen, fest umschlossen, wie in einen Schraubstock eingeklemmt. Eine eiserne Kraft hielt sie fest, Hände und Arme wie Stein oder Stahl, und im Nacken spürte sie heißen Atem, hechelnd. Er roch unangenehm ...

... und in diesem Moment wusste sie, was geschehen würde. Nicht im Detail, aber grob. Und dass sie keine Chance hatte.

»Brummto!«

Er war es! Sie wusste es, bevor sie es sagte. Hervorpresste. Es waren seine Stahlhände, die sie festhielten, seine Stahlarme, die sie einschnürten, ihr die Luft nahmen. Seine Bärenkäfte. Aber noch war sie klar im Kopf.

Sie konnte nur wenig tun, das wusste sie.

Ein Kopfstoß! Das musste sie versuchen. Ihm die Nase einschlagen vielleicht, damit er den Griff lockerte, wenigstens einen Moment.

Sie warf ihren Kopf nach hinten. Ruckartig. Ins Leere. Scheiße!

Vielleicht das Schienbein!

Sie holte mit dem Fuß aus, trat nach hinten, Treffer! Tritte gegen das Schienbein tun weh – aber nicht ihm, Brummto. Sein Griff lockerte sich nicht, auch nicht für einen kurzen Moment, eher im Gegenteil: Sie hatte das Gefühl, als ob der Griff fester wurde. Noch fester.

Der Griff schnürte sie ein, presste ihren Brustkorb, keine Chance, auch nur einen kleinen Schluck Luft zu holen. Panik wollte aufkommen, Erstickungsgefühle bedrängten sie.

Nein, jetzt nur nicht panisch werden, hämmerte sie sich ein. Aber wenn er nicht loslässt, hast du keine Chance, sagte ihr gleichzeitig ihre Vernunft, dann hast du noch zwanzig Sekunden, vielleicht dreißig. Es wunderte sie, dass sie das wütend machte.

Erneut trat sie nach hinten, legte alle Kraft in den Stoß. Diesmal aber lief er ins Leere, das Schienbein war weg. Sie hätte schreien können vor Wut, warf den Kopf wieder nach hinten. Nichts.

In ihren Ohren begann es, leise zu pfeifen. Hatte sie nicht einmal gelesen, dass dieses Pfeifen ... hatten nicht ... Menschen davon berichtet, die ...

Sie wollte schlucken, aber sie konnte nicht. Und spürte ihre Kräfte weichen. Was ist nur in Brummto gefahren, dachte sie noch, er war doch immer so ein lieber Kerl. Und auch: Wie schnell doch so ein Leben ...

Da wich plötzlich der Schmerz, sie verlor die Welt aus den Augen, nein, die Welt löste sich einfach auf, es wurde dunkel, sehr angenehm, dann spürte sie nichts mehr, sackte einfach in sich zusammen, erschlaffte, die Kräfte verließen sie.

Schmerzen in der Brust waren das Erste, was sie spürte. Unglaubliche Schmerzen. Sie wollte nicht da sein, wollte nichts wissen, vor allem die Augen nicht öffnen, sich nicht bewegen, nichts. Was war hier los? Bäuchlings lag sie da.

Schon arbeitete ihr Kopf. Nicht bewegen!, befahl sie sich instinktiv, erst einmal nicht! Und: Was ist geschehen? Warum habe ich diese Schmerzen?

Sie spürte, dass sie schwer atmete. Aber atmete! Da kam die Erinnerung zurück.

Weiteratmen, befahl sie sich, nur nichts verändern!

Die Gans! Brummto! Diese Arme, diese Kraft! Er wollte mich umbringen! Jetzt war sie im Kopf wieder klar.

Sie hatte sich noch nicht bewegt. Atmete weiter, versuchte zu verstehen, zu sondieren, was war. Blinzelte. Sah eine Hand, seine, abgestützt neben ihrem Kopf auf dem Boden.

Und jetzt spürte sie ihn auch, hinter sich, über sich, ganz dicht, seinen stinkenden, schwerheißen Atem. Er hatte sich über sie gebeugt.

Vorsichtig blinzelte sie weiter, ließ ihren Blick wandern, so gut es ging. Er sollte nicht merken, dass sie wach war.

Wo war ihr Pullover? Ihre Arme waren nackt. Wo ihre Bluse? Ihr Unterhemd? Sie spürte, dass sie mit nacktem Oberkörper auf dem Betonboden lag. Haare lagen wirr über ihrem Gesicht, so konnte Brummto nicht sehen, dass sie wieder erwacht war.

Jetzt streichelte er ihren Kopf, jammerte, stöhnte, rief ihren Namen. Es war Brummto! Wieder rief er ihren Namen, fast flehentlich. Tat es ihm leid, was er getan hatte? War er zu sich gekommen? Bereute er? Dieses Schwein!

Wieder rief er ihren Namen.

Und erneut stieg Wut in ihr auf, abgrundtief, jäh.

Er jammerte weiter, winselte fast. Dann packten seine Hände sie an den bloßen Schultern, sanft, schüttelten sie kurz, ließen wieder ab. Eine Hand über ihren Rücken hinab. Unerträglich langsam, unerträglich nah, anmaßend intim.

Sie hatte das Messer gesehen, in Reichweite lag es da auf dem Boden. Blitzende Klinge, noch voller Blut. Gänseblut.

Sie überlegte nicht, es war eine einzige Bewegung. Griff nach dem Messer, warf sich herum, traf Brummto mit der Rückhand voll in die Seite, ganz weich glitt das Messer hinein, ganz tief. Brummto wehrte sich nicht, sah sie nur an. Unheimlich erstaunt. Erneut stach sie zu, und noch mal und noch mal und noch mal. Nie wieder würden diese Arme sie umschlingen, diese Hände sie fesseln, dieser Typ sie auch nur anfassen. Nie wieder!

Endlich sackte Brummto zusammen, röchelte, Blut trat aus seinem Mund. Der massige Körper kippte nach hinten, ein letztes Mal streifte sie sein erstaunter Blick, dann wich alle Kraft aus ihm, er wurde zum Sack. Das sah endgültig aus.

Sie schleuderte das Messer zur Seite, es klapperte über den Boden. Ekel überkam sie – und ein Gefühl der Erleichterung. Gleichzeitig stutzte sie. Dort, wo das Messer über den Betonboden hingerutscht war, lag noch ein Zweiter, eine massige Gestalt. Tot, das sah sie sofort. Den Kopf so verdreht, dass das Genick gebrochen sein musste. So liegt man nur, wenn man tot ist.

Was war hier los? Wer war der? Was wollte der hier? Wie kam der hierher?

Und blitzartig fuhr ihr ein Gedanke durch den Kopf, der fürchterlich war: War der das, der sie vorher gehalten hatte? Der sie von hinten ...?

War der das, der ...

War Brummto vielleicht der, der diesen massigen Kerl ...? Der sie befreit hatte? Ihr das Leben gerettet?

Sie benötigte nur einen zweiten Blick, einen kurzen, dann war es ihr klar. Erschreckend klar.

Kalte Luft drang von draußen aus der Nacht herein, aber sie spürte die Kälte nicht. Im Kessel knackte das verlöschende Holz, der Wind nahm die Tür, schlug sie hin und her, sie schlug an, klapperte, schlug zurück, quietschte. Aber sie hörte nichts.

Die Autorinnen und Autoren

Helwig Arenz, 1981 in Nürnberg geboren, wuchs in Fürth auf. Sein geisteswissenschaftliches Studium in Erlangen gab er zugunsten eines Schauspielstudiums in Linz auf, das er 2006 abschloss. Engagements an Bühnen, u. a. in Hamburg, Wilhelmshaven, Memmingen und Hof, folgten. Seit 2013 arbeitet er als Autor und Schauspieler am Theater Pfütze in Nürnberg und am Stadttheater Fürth. Im Frühjahr 2013 gewann er mit seinem Kurzkrimi *Tom und Tierchen* den Publikumspreis des Fränkischen Krimipreises. 2014 erschien sein Romandebüt *Der böse Nik* bei *ars vivendi*, 2016 folgte *Nachts die Schatten*.

Sigrun Arenz, Jahrgang 1978, studierte Germanistik, Theologie und Anglistik in Erlangen sowie an der Universität St. Andrews in Schottland. Sie lebt in Fürth und arbeitet als Gymnasiallehrerin, freie Mitarbeiterin für unterschiedliche Tageszeitungen und als Autorin. Bei *ars vivendi* erschienen ihre Kriminalromane *Das ist mein Blut* (2008), *Kühl bis ans Herz* (2009) und *Nicht vom Brot allein* (2012) um die Ermittler Eva Schatz und Rainer Sailer. 2014 wurde Sigrun Arenz mit dem Kulturförderpreis der Stadt Fürth für Literatur ausgezeichnet.

Jan Beinßen, 1965 in Stadthagen geboren, arbeitet als Journalist und Autor in Franken, wo er auch mit seiner Familie lebt. 1997 erschien sein Debütroman *Zwei Frauen gegen die Zeit*. Nach weiteren Publikationen eröffnete 2005 *Dürers Mätresse* bei *ars vivendi* die erfolgreiche Krimireihe um den Nürnberger Fotografen Paul Flemming.

Es folgten 2006 *Sieben Zentimeter*, 2007 *Hausers Bruder*, 2008 *Die Meisterdiebe von Nürnberg*, 2009 *Herz aus Stahl*, 2010 *Das Phantom im Opernhaus*, 2012 *Die Paten vom Knoblauchsland*, 2013 *Lokalderby*, 2014 *Die Schäufele-Verschwörung*, 2015 *Sechs auf Kraut* und 2016 *Tod im Tiergarten*. Außerdem bei *ars vivendi* erschienen: der »KrimiSnack« *Die Tote im Volksbad* (2013), der Kriminalroman *Görings Plan* (2014) sowie der Kriminalgeschichtenband *Tod auf Fränkisch* (2016).
www.janbeinssen.de

Sabine Fink, geboren 1969 in Dortmund, lebt seit zwölf Jahren mit ihrer Familie in Mittelfranken und arbeitet dort als freie Autorin und Museumspädagogin. Neben einigen Kurzgeschichten erschien im Jahr 2011 ihr erster Erlangen-Krimi *Kainszeichen*, 2013 folgte *Judasbrut*, 2015 *Dreikampf*.
www.sabine-fink.de

Bernd Flessner, geboren 1957 in Göttingen, studierte Germanistik, Theaterwissenschaft und Geschichte in Erlangen, Promotion 1991. Der Autor und Zukunftsforscher unterrichtet am Zentralinstitut für Angewandte Ethik und Wissenschaftskommunikation der Friedrich-Alexander-Universität Erlangen-Nürnberg. Er schreibt u. a. für die *Neue Zürcher Zeitung, Nürnberger Nachrichten, mare – Die Zeitschrift der Meere, Kultur & Technik* und den *BR*. Als Autor wurde er 2007 mit dem Utopia-Preis (Aktion Mensch) und 2011 mit dem International Corporate Media Award ausgezeichnet. Zuletzt veröffentlichte er die beiden Kriminalromane *Der Radieschenmörder* (2015) und *Morden wie gedruckt* (2016).
www.bernd-flessner.de

Tommie Goerz (Dr. Marius Kliesch, geb. 1954) hat Soziologie, Philosophie und Politische Wissenschaften studiert, wohnt in Erlangen, ist verheiratet und Vater zweier Kinder. Nach 20 Jahren bei einem der größten Agenturnetzwerke der Welt war er Dozent für Text und Konzeption an der Georg-Simon-Ohm-Universität Nürnberg. Heute lehrt er an der Faber-Castell-Akademie in Stein und ist bei den hl-studios Tennenlohe. Er gewann unter anderem den Bronzenen Löwen in Cannes (2007), ist Mitglied im Syndikat und spielt in der Band *Hans, Hans, Hans und Hans*. Bei *ars vivendi* erschienen seine Kriminalromane *Schafkopf* (2010), *Dunkles* und *Leergut* (beide 2011) sowie *Auszeit* (2012), *Einkehr* (2014) und *Schlachttag* (2016), in denen jeweils der Nürnberger Kommissar Friedo Behütuns ermittelt.
www.tommie-goerz.de

Anne Hassel lebt als freie Autorin in Miltenberg. In vielen Krimianthologien hat sie schon unliebsame Mitmenschen um die Ecke gebracht. 2004 erschien ihr erster Kriminalroman *Grüningers Tod*, außerdem ist sie Mitherausgeberin von sieben Krimianthologien. Sie schreibt Theaterstücke für Erwachsene und Kinder, veröffentlicht wurden zwei Kinderbilderbücher, zwei Kinderromane, zwei Märchenbücher und etliche Kindergeschichten in Büchern, Zeitungen und Zeitschriften. Sie ist Mitglied bei den Mörderischen Schwestern, im Syndikat und im Autorenverband Franken.

Thomas Kowa ist Autor, Poetry-Slammer, Musikproduzent, manchmal Weltreisender und Mitglied der Schweizer Fußballnationalmannschaft der Autoren. Während in

seinen Thrillern fleißig gestorben werden darf, schafft er es in seinen Kurzkrimis, die Leser gleichzeitig zum Lachen und Fürchten zu bringen, und das meist ohne eine einzige Leiche. 2012 ist sein Debütroman *Das letzte Sakrament* bei *Bastei Lübbe* erschienen.
www.thomaskowa.de

Petra Nacke stammt aus Norddeutschland. Sie studierte Theater- und Literaturwissenschaft in Erlangen. In München absolvierte sie eine Ausbildung in Schauspiel, Gesang und Tanz. Heute lebt sie als freie Autorin, Sprecherin und Sängerin in Nürnberg. Seit 1997 ist sie feste freie Mitarbeiterin des *Bayerischen Rundfunks*. Gemeinsam mit Elmar Tannert veröffentlichte sie bei *ars vivendi* 2008 *Rache, Engel!*, 2010 *Blaulicht* sowie 2012 *Der Mittagsmörder*. 2013 erschien die von ihr herausgegebene Anthologie *Leiche sucht Autor*.
www.petra-nacke.de

Horst Prosch, 1964 in Neuendettelsau im Landkreis Ansbach geboren, lebt mit seiner Familie in Wolframs-Eschenbach. Er arbeitet als Bilanzbuchhalter, ist Mitglied im Kulturverein Speckdrumm e. V. (Beirat für Literatur) und Initiator und Leiter der Reihen »Erlesene Genüsse« im Kunsthaus Reitbahn 3, Ansbach, sowie »Literatur in alten Mauern« in Wolframs-Eschenbach. Auch für Lesungen ist er bekannt, etwa für Themenlesungen wie »Literatur und Schokolade«. Bei *ars vivendi* erschien 2008 eine Erzählung von ihm in *Smoke – Geschichten vom blauen Dunst*. 2014 folgte sein Kriminalroman *Blaue Bäume*. Für *Süß klangen die Glocken nie* aus der Anthologie *RauschGift-Engel* wurde er für den Friedrich-Glauser-Preis 2015 in

der Sparte »Bester Kurzkrimi« nominiert. Im November 2015 erschien sein Kriminalroman *Frankenruh*.
www.horst-prosch.de

Susanne Reiche, Jahrgang 1962, hat eine erwachsene Tochter und wohnt mit ihrem Lebensgefährten, Hund Jasper und drei Katzen im Nürnberger Stadtteil Wetzendorf. Schon früh entdeckte die gebürtige Nürnbergerin ihre Leidenschaft für Bücher. Nach Abitur und Gärtnerlehre studierte sie in Erlangen Biologie und war vierzehn Jahre lang beim Nürnberger Umweltamt im Bereich Umweltplanung tätig. 2014 gewann sie mit ihrer Geschichte *Der Tod des Baulöwen* den Publikumspreis des Fränkischen Krimipreises, im März 2016 erschien ihr erster Frankenkrimi *Fränkisches Chili*.
www.susanne-reiche.de

Roland Spranger, geboren 1963, lebt in Hof. Neben seiner Tätigkeit als Autor arbeitet er in ambulant betreuten Wohnprojekten für geistig Behinderte. Roland Spranger wurde 1998 mit dem Stück *Tiefseefische* zu den Autorentheatertagen am Staatstheater Hannover eingeladen. Danach folgten mehrere Stücke und Auftragsarbeiten für deutsche Theater. Außerdem war/ist er in verschiedenen Live-Literatur- und Performance-Projekten aktiv. Sein erster Roman *ThRAX* erschien 2002. Sein Thriller *Kriegsgebiete* wurde mit dem Friedrich-Glauser-Preis 2013 in der Sparte »Roman« ausgezeichnet. Im November 2013 folgte der Roman *Elementarschaden*.
www.roland-spranger.de